七つの魔剣が支配する

XI

Seven Swords Dominate

宇野朴人
Bokuto Uno

illustration
ミユキルリア

Character 登場人物

四年生

オリバー＝ホーン

本編の主人公。器用貧乏な少年。
七人の教師に母を殺され、復讐を誓っている。

ナナオ＝ヒビヤ

東方《エイジア》からやって来たサムライ少女。
オリバーを剣の道における宿命の相手と見定めた。

カティ＝アールト

連盟の一国、湖水国《ファーンランド》出身の少女。
亜人種の人権問題に関心を寄せている。

ガイ＝グリーンウッド

魔法農家出身の少年。
率直で人懐っこい。
魔法植物の扱いを得意とする。

ピート＝レストン

非魔法家庭出身の勤勉な少年。
性が反転する特異体質。

ミシェーラ＝マクファーレン

名家マクファーレンの長女。
文武に秀で、仲間への面倒見がいい。

トゥリオ＝ロッシ

飄々とした少年。セオリーを無視した難剣の使い手。オリバーへのリベンジに燃えている。

ステイシー＝コーンウォリス

ミシェーラの異母妹。
勝ち気で意地っ張りで、シェラに張り合っている。

フェイ＝ウィロック

ステイシーの従者にして幼馴染。
人間と人狼の混血。

三年生

テレサ＝カルステ

オリバーの腹心の部下で、隠密として復讐に協力している。

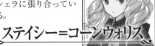

七年生

「毒殺魔」の異名で恐れられる学生統括。
その日の気分で女装をする。

ティム＝リントン

退廃的な快楽主義者のエルフ。欲望と悪徳を愛する性格から故郷を追われた。

キーリギ＝アルブシューフ

酒を扱う錬金術師。
敵・味方問わず「客」と見なし、自らはバーテンダーとして振る舞う。

ジーノ＝ベルトラーミ

かつて学生統括の座をゴッドフレイと争い、顔の右半分を焼かれた、元生徒会敵陣営のボス。

レオンシオ＝エチェバルリア

卒業生

柔らかい雰囲気を持つオリバーの従姉。「臣下」としてオリバーの暗躍をサポートする。

シャノン＝シャーウッド

シャノンの兄でオリバーの従兄。
「臣下」としてオリバーの暗躍をサポートする。

グウィン＝シャーウッド

蹴り技が得意で卒業後は異端狩りとしてゴッドフレイと行動する。

レセディ＝イングウェ

元学生統括で、他の生徒からは「煉獄」と称される魔法使い。
卒業後は異端狩りになる。

アルヴィン＝ゴッドフレイ

教師

キンバリー学校長。魔法界の頂点に君臨する孤高の魔女。

エスメラルダ

魔法生物学の教師。傍若無人な人柄から生徒に恐れられる。

バネッサ＝オールディス

魔道工学の教師。大怪我前提の理不尽な課題ばかり出す。

エンリコ＝フォルギエーリ 死亡

シェラの父親。ナナオをキンバリーへと迎え入れた。

セオドール＝マクファーレン

天文学の教師。異端から世界を守ることにひときわ強い使命感を持つ。

デメトリオ＝アリステイディス 死亡

「剣聖」の二つ名で呼ばれる魔法剣の名手。ダリウスとは学生時代からの友人でライバル。

ルーサー＝ガーランド

- フランシス＝ギルクリスト
- ダリウス＝グレンヴィル 死亡
- ダスティン＝ヘッジズ

プロローグ

全校集会というイベントは、キンバリーにおいて極めて稀《まれ》である。

理由はごく単純で、誰もそれを必要としないからだ。大抵の内容は校内放送で流せば済む話で、魔道の探求に忙しい生徒たちも時間を取られることを嫌う。迷宮内で各自の研究に明け暮れている生徒にとっては召集それ自体が研究の中断を意味する。よって、つまらないことでいちいち呼び出すな――それがキンバリー生たちの偽らざる総意だと言える。

「――参集ご苦労。生徒諸君」

そうした慣例を捻じ伏せて、この日、大半の生徒が講堂に集められた。

一朝一夕で成ったことではない。一週間前から告知が行われ、そこには応じなかった場合の重いペナルティまで添えてあった。只事《ただごと》ではない「何か」が起こったということは、それで自《おの》ずと生徒たちにも察せられた。

「私が良《い》いと言うまで、誰もその場を動くな」

静まり返った講堂の中に凍えた声が響く。整然と並ぶ生徒たちの間を、壇上から降りた魔女が目を光らせながら通り過ぎていく。

「――――」

視線が掠《かす》めたのはほんの一瞬。ただそれだけでも、無反応を貫き通すことにオリバーは凄《すさ》まじい自制を必要とした。

「…………六人、か」

召集した生徒の全員を改めた上で、魔女の唇がぽつりと呟《つぶや》いた。

集会が終わって間もなく校長から指示が下り、キンバリーの教師陣は校舎三階の会議室に参集していた。

「すでに知っての通りだ。――アリステイディスが消えた」

楕円《だえん》形の大テーブルの最上座、この学校における玉座に等しい位置からエスメラルダが淡々と告げる。教師たちの顔に一斉に緊張が走る。

「……洒落《しゃれ》にならねぇでしょ、そりゃ……」

「……誰が原始呪文《オリジン》を掻《か》い潜《くぐ》ってあれを討ったと？　このメンバーの中ですら、単身で可能性がある者は限られる……」

「キャハハハハ！　ワタシが生きていても挑戦したくありませんねェ！」

エンリコ・ダミーがけたたましく笑う中、他の教師たちの視線がひとりの人物へ注がれる。後頭部で手を組んで胸を仰《の》け反《ぞ》らせていたバネッサ＝オールディスがハッと笑った。

「……まァ、そりゃそうか。真っ先に睨《にら》まれんのはアタシだよな。お誂《あつら》え向《む》きにあのジジイとはこのところ険悪だったしよ」

「……自分で理解しているなら釈明しろ、オールディス。貴様を土に還《かえ》す算段を立てるのに使う頭の領域《キャパ》が惜しい……」

魔法植物学の担当教師ダヴィド＝ホルツヴァートが低い声で促す。バネッサが吐き捨てるように口を開いた。

「釈明だァ？　あるかよンなもん。アタシが犯人だってんなら勝手にしろ。いちいち反論する気も起こらねェ」

にやりとバネッサが笑う。変形した右手をみしりと握り締めて。

「だってよォ。……別に構わねェんだぜ？　今すぐこの場の全員と殺《や》り合うことになっても、アタシは一向になァ」

「……獣が」

ダヴィドの額に青筋が浮かぶ。膨れ上がる両者の殺気が部屋を埋め尽くし、

「――いい加減にして下さいッ！」

それを蹴散らすように、ひとりの人物が声を上げていた。教師ではない。校舎の図書室を預かる司書、イスコ＝リーカネンである。

「くだらない言い争いをしている時ですか、今が。……デメトリオ先生が消えたんですよ。こ

の学校を、世界を――ずっと守ってくれていた偉大な魔法使いがいなくなったんですよ！　キンバリーだけの問題ですらない、これは世界の危機だってどうして分からないんですかッ！」

こぶしを震わせながら声を張る。そこに含まれる感情は遥《はる》か格上の魔法使いたちに対する畏怖ばかりではない。図書室というキンバリーの「知」を預かる彼女にとって、哲人デメトリオ＝アリステイディスは尽きせぬ尊敬の対象だった。同じ学《まな》び舎《や》で働けることが望外の誇りであり、その大きな背中から多くを学んでいくのだと信じて疑わなかった。

故に、彼女は悼《いた》んでいるのだ。この中の誰よりも純粋に、ひとりの偉大な魔法使いの喪失を。

「落ち着いて、イスコ。……大丈夫だ。それが分からないような人間は、この中にいない」

隣に座る男が彼女のこぶしに手を重ねて言う。ダリウスに代わって着任した錬金術の担当教師テッド＝ウィリアムズだ。顔ぶれの中で一番の若輩である彼もまた、この空気の中での発言には大きな勇気を必要とする。が――躊躇《ためら》ってなどいられない。先にイスコがそれを振り絞ったのだから。

「けれど――僕も彼女とまったく同じ気持ちです。事態の深刻さに対して話し合いの内容が不毛に過ぎる。まさかとは思いますが、ただ教師同士で牽制《けんせい》し合って今日の集まりは終わりですか？　我々のそんな不様はデメトリオ先生も嘆かれるでしょう」

厳しい言葉を選んで場の流れを窘《たしな》める。その意思を酌《く》んで、呪文学の担当教師フランシス＝ギルクリストが静かに頷《うなず》いた。

「あなたたちの言う通りです。ダリウス、エンリコ、デメトリオ――この三名が欠けたことによる世界の損失は計り知れない。……殊《こと》にデメトリオが含まれたことは私にとっても痛恨でした。あれは次の千年を預けるに足る数少ない人物でしたから」

最大限の賛辞を込めて千年を生きる魔女が告げる。バネッサですら軽く鼻を鳴らすのみでそこに茶々は挟まなかった。どれほどの人物を喪《うしな》ったか――個々の感情は別にしても、その重みの認識だけは全員に等しいからだ。

「――アリステイディスの失踪は、統括選挙の決着から間もなく起こった」

潮目の変化を見て取ったエスメラルダが口を開く。教師たちの意識がそこに集中する。

「現場はほぼ間違いなく四層外周の原野――アリステイディスの『瞑想場《めいそう》』だ。連絡が断たれた直後に様子を見に行ったが、すでに全体が焼き払われていた。……魔法戦闘の痕跡ではなく、それを消すための工作の痕だろう。機械仕掛けの神《デウス・エクス・マキナ》のような大物がない分、エンリコの時よりもさらに遺《のこ》された手掛かりは少なかった」

魔女が語る内容に教師たちが眉根を寄せた。彼らも知っている――あの場所はデメトリオにとって自らの工房以上のホームグラウンドであり、彼がそこで戦って敗れることを誰も想定していない。それはつまり、「敵」の実力は彼らの想定を上回るということだ。

「同時に、決闘リーグ最終戦は誰の目にも明らかな総力戦だった。ゴッドフレイ隊もレオンシオ隊も持てる力を使い切り、そこからの復調には相応の時間を要しただろう。毒手を切り落と

したリントン、その毒手と真っ向から組み合ったベルトラーミ。脚が砕けるまで駆け回ったイングウェ、禁呪で肉体を拡張したアルブシューフ。莫大《ばくだい》な魔力をぶつけ合ったリーダーふたりも含めて、直後に教師へ挑めるほどのコンディションにあったとは考えられん」

魔女が重ねて事実を列挙する。生徒内の戦力として筆頭に目される面々が戦える状態になかった——その事実は状況を分析する上で大きな意味を持つ。

「他にも一定以上の力量を持つ上級生の動向は監視してある。迷宮内での動きまで完全に追えているわけではないが——この場合に重要なのは、アリステイディスの失踪が見込まれる期間内において、彼らに大規模な合流のチャンスがどれほどあったかだ。……結論として、現実的ではない。最大限こちらの網を潜ったとしても、教師を打倒出来るほどの戦力は揃《そろ》わなかっただろう」

そこで魔女が一旦言葉を切る。情報を整理した上で、ダヴィドが問いを投げる。

「……アリステイディスが敗れたとしても双方に被害が出たはずだ。先ほどの全校召集での欠員は？」

「姿を見せなかった生徒が六人。重いペナルティを提示した上での結果だ」

その数字に、非常勤教師のセオドールが腕を組む。

「……少ないねぇ。デメトリオ先生とやり合ったならその程度じゃ済まないよ。工房にこもって召集令が届いていないとか、もしくは全くの別口で死んでいると考えるほうがしっくりくる。

仮に全員死んでいたとしても年間平均の誤差範囲に収まる程度だし」

「生徒が犯人とは考えづらい。つまりそういうコトですかねぇ！　キャハハハハハッ！」

エンリコ・ダミーが言いづらいことをはっきり言ってのける。可能性がそのように傾くことは承知の上で、エスメラルダは補足を加えた。

「一概にそうとも言えん。……召集に応じなかった生徒の中には、第三新聞部部長のジャネット＝ダウリングと死霊《しりょう》術師のカルメン＝アニェッリが含まれている」

セオドールが眉を上げる。共にここで名前が挙がるとは思わなかった生徒だ。

「確かに、それは奇妙だね。……Ms《ミズ》．ダウリングは教師の失踪をこれまでさんざん紙面のネタにしてたし、Ms《ミズ》．アニェッリのほうはMr《ミスター》．リヴァーモアの研究が気になって仕方ないはずの時期だ。このタイミングで校舎に姿を見せない理由が見当たらない」

「ダウリングについては、それ自体が教師間の衝突を促す工作だったとも推し量れるが……可能性を絞るには余りにも状況証拠が不足している。ひとまず第三新聞部の拠点は洗うべきだろうが」

「すでに手を回している。部員たちもこの後に尋問する予定だ」

そう言い置いた上で、エスメラルダが目の前の顔ぶれを改めて見渡す。

「とはいえ――ゴッドフレイやエチェバルリアといった上級生トップ層が嫌疑から外れたことによって、生徒を優先的に疑う理由が乏しくなったことは否《いな》めない。……生徒たちの戦力合流

が現実的でないとは言ったが、教師がひとり軸になれば話はまるで変わってくる。

　アリステイディスの失踪時期について、この場の面々で強い不在証明がある者を挙げよう。ヒセラ＝ゾンネフェルト、イスコ＝リーカネン、テッド＝ウィリアムズの三名。医務室と図書室にそれぞれ常駐している前二者の動向は私も当然把握している。そしてウィリアムズ――お前は迷宮への立ち入り自体を控えている上、他教師との連絡を密にして所在が不明瞭な時間を減らしていた。その合間にアリステイディスを狙って四層へ潜れたとは考えにくいだろう」

　エスメラルダの言葉にテッドが複雑な面持ちで眉根を寄せた。万一に備えた彼の立ち回りではあったが、それが本当に活《い》きることなど彼は望まなかったのだから。

「逆に言えば、その三名以外は全員に嫌疑がある。バネッサに限った話ですらない。これを事実として踏まえた上で、私は今後の捜査を進めていく」

　その宣言を受けて、呪術担当教師のバルディア＝ムウェジカミィリが面白がるように隣のバネッサへ目を向ける。

「尋問されるのかな？　バナちゃん」

「面白ぇ。爪でも剝がすかよ？　何枚でも用意してやるぜ」

　両手に鋭い爪を重ねて生やしながらバネッサが笑う。その挑発を流して、エスメラルダが淡々と続ける。

「話を急ぐな。……そうした段取りを考えていたところで、外から横槍《よこやり》が入った」

その言葉をきっかけに、またしても場の空気が変わる。同時に教師たちにも予感はあった。すでに三人の大魔法使いが喪《うしな》われた今、その影響はキンバリーの内部に留まらないだろうと。

「アリステイディスは異端狩り本部との連絡を密にしていた。それが途切れたことで向こうも状況を察したのだろう。教師が三人失われたキンバリーの現状を踏まえて、校内の立ち入り調査を提案してきた。跳ねのけることも可能ではあったが——」

「ダリウス君やエンリコ先生の時にも同じ要求があったからね。三回目はさすがに向こうも業を煮やす。関係悪化を防ぐためにも、ここはさすがに受け入れ所だろう」

ため息交じりにセオドールが言う。盤石の政治力によって大抵の横槍《よこやり》は黙らせられるキンバリーだが、その基盤のひとつは雇われている教師が持つ魔法使いとしての名声だ。柱が続けざまに三本欠ければ陰りも生じる。殊に異端狩り本部との連携は学校の今後を踏まえた上で重要であり、今回の立ち入り調査は受け入れざるを得ない。

「具体的には人事の調整だ。外部の魔法使いを数名臨時教師として受け入れ、代わりにこちらの教師を異端狩りの現場に回す。——バネッサ、バルディア、派遣組はお前たちだ。ここを離れて一年ほど外で暴れてこい」

「わーい、バナちゃんと一緒だー」

「ハ、そういうことかよ。まァいいさ、バカンスと思って楽しんでくるぜ」

校長の指名に、テッドは安堵《あんど》がこみ上げるのを禁じ得なかった。……デメトリオと不仲だっ

たバネッサは言うまでもなく容疑者の筆頭であり、彼女と学生時代からの友人であるバルディアも同じ理由で疑いが濃くなる。それに何より、バネッサの振る舞いは他の教師を挑発し過ぎる。致命的な衝突に至る前に、ここで一旦外に出てもらうのは正解かもしれなかった。無論、それによって欠ける戦力についても無視は出来ないが。

「どの道アリスティディスの抜けた穴も埋めねばならん。些《いささ》か不愉快ではあるが、私はこれを奇貨として利用することにした。……外から来る魔法使いは三人だが、うち二人は私から指名した相手であり素性が知れている。残るひとりに引っ掻《か》き回《まわ》されないようにだけ注意しろ」

エスメラルダの警告に教師たちが頷《うなず》く。そこで一旦話が途切れたのを見て取り、テッドが思い切って声を上げる。

「……校長。先の無礼ついでに、この機会にもうひとつ伺いたいことがあります」

「言ってみろ。ウィリアムズ」

校長が先を促す。その視線ひとつで萎えそうになる体に力を込めて、テッドはずっと胸にあった懸念《けねん》を言葉にする。

「ダリウス＝グレンヴィル、エンリコ＝フォルギエーリ、デメトリオ＝アリスティディス。連続で失踪したこの三名について――『キンバリーの教師』という枠組みは前提としても、校長はどのような基準で狙われたとお考えですか？」

問いに前後して空気がまたひとつ重くなった。エスメラルダが目を細める。

「……なぜそれを訊《き》く？」

「無差別では断じて有り得ないからです。このメンバーの中でもっとも弱い僕がこうして無事でいるのが何よりの証拠でしょう。犯人は望んで強敵を選んでいるとしか思えない。だとすれば、そこには必ず理由があるはずです」

テッドの背筋を冷たい汗が流れる。危険な領域に踏み込んだことは自覚しながら、彼はその先へと足を進める。

「この件について最近、キンバリーの内外で囁《ささや》かれ始めた奇妙な噂《うわさ》があります。ともすれば与太話と一蹴されるような内容ですが……」

「言ってみろ」

圧を増した眼光が突き刺さる。一度大きく息を吸った上で、テッドはそれを切り出した。

「——クロエ＝ハルフォード生存説です。死を偽装して密《ひそ》かに生き延びていた彼女がキンバリーへと舞い戻り、ダリウス、エンリコ、デメトリオの三名を討ったのだと。荒唐無稽な風聞ではありますが、困ったことに事象の説明として一応の筋は通ります。生前のままの『双杖《そうじょう》』なら先の三名すら破り得るでしょうし——それを行うに足る理由もまた、想像に難《かた》くない」

その先を語ることはあえてせず、テッドは教師たちの反応を待つ。間を置かずにエスメラルダが口を開いた。

「つまり、こういうことか。かつてダリウスらはクロエ＝ハルフォードを襲って討ち損じた。

あの三人が続けて失踪した現状は、生き延びた『双杖《そうじょう》』によるその仕打ちへの復讐《ふくしゅう》であると」

「そのような噂《うわさ》もある、ということです」

テッドが額の汗を拭う。……クロエ＝ハルフォードの死に付きまとう不穏な噂《うわさ》は枚挙に暇がなく、その真相は今もって謎に包まれている。それは「死」という事実そのものについても同様だ。彼女ならば今もどこかで——そんな願いにも似た「生存説」は今までにも数え切れず囁《ささや》かれてきたことだろう。だが、今回は明らかに毛色が違う。

「何の根拠もない空想だと僕も思います。しかし——それが万にひとつに過ぎないとしても、敵があの『双杖《そうじょう》』である可能性は警戒に値すると僕は考える。理由は誰しもお分かりでしょう」

教師たちが押し黙る。そう——彼女ならばキンバリーを崩し得る。ダリウス、エンリコ、デメトリオの三名を破ることはもとより、その先までも。それだけの実力と器量がクロエにはあり、だからこそ彼女は慕われるのと同じだけ恐れられた。魔法界のパワーバランスに生じた特異点であったが故に。

「低い可能性を持ち出して捜査方針を混乱させたいわけではありません。むしろ僕はそれを真っ先に潰したい。だからこそ今頃になって、彼女の死にまつわる過去を掘り返す必要性を感じています。

教えてください。——クロエ＝ハルフォードを殺したのは。あるいは殺し損ねたのは、彼ら

なのですか？」

　これ以上の遠回りは不要と見て、テッドは正面から真相を問うた。校長ではなく、ここではセオドールが真っ先に口を開いた。

「クロエ君の死は異端による襲撃の結果だ。それは当時の現場を検分した僕から改めて強調させてもらおう。あの場所からは異端のものでしか有り得ない痕跡がいくつも確認された。今の話通りだとすれば、デメトリオ先生が異端と手を組んで彼女を襲ったことになるのかな？」

「……それは有り得ないと僕も思います。しかし、偽装という可能性は？　あるいは協力して襲撃を迎え撃った後で裏切ったとも」

「なるほど、僕の目が節穴だったことは考えられるね。しかし――仮にクロエ君の仕業だとすれば、今の状況は余りにも彼女らしくないと思わないかい。闇に紛れての暗殺なんていうのは『双杖《そうじよう》』が何よりも嫌ったものだよ。過去に受けた仕打ちへの意趣返しというなら、彼女は白昼堂々ここに現れて全員の頬っ面をぶん殴っただろう。相手が誰だろうとそれだけは間違いないと思うね」

　テッドが口を噤《つぐ》む。そう――言い出した彼自身にも無視できない違和感がそこにある。先に失踪した三名の教師をクロエ＝ハルフォードなら闇に葬《ほうむ》り得る、それは確かだろう。だが同時に、彼女ならそんなやり方は選ばない。騙《だま》し討ちされた恨みがあろうとも。その人格に対しては皮肉なほどの信頼を彼らは共有している。

「それに、こうも思うよ。……もし彼女が生きていてくれたなら、世界はもっと明るかっただろうと」

寂しげに微笑《ほほえ》んでセオドールが呟《つぶや》く。押し黙るテッドに、彼はさらに言葉を続ける。

「クロエ君の生存可能性に関してはこちらでも一考しておく。けど、少なくとも現状、他の可能性と比べて特別の警戒を要するレベルじゃない。進行中の校内監査にもその真偽を確かめる効果は見込める。それではまだ不満かい？」

「……いえ。ただ、失踪した三名がなぜ狙われたのか――その理由を解き明かすことは、この件《けん》の捜査の上で極めて重要だと改めて主張させてください。それが分かれば自《おの》ずと見えてくるはずです。……この中の誰が、次に狙われるのかも」

最後にそう釘《くぎ》を刺してテッドは口を閉ざした。……これだけは強調しなければ発言に及んだ意味がない。ここまでの事件で自分たちは常に後手に回らされている。何より重要なのは、敵の狙いがどこにあるかを見定めることなのだから。


「――よ、良かったの、テッくん。私も他人のこと言えないけど、他の先生たちにあんなにズバズバ言っちゃって……」

重い雰囲気のまま解散となった集まりの後、テッドと並んで廊下を歩きながら司書のイスコ

が尋ねた。それを受けて数秒の後、テッドはぽつりと呟《つぶや》いた。

「……彼らだな。クロエ先輩を殺したのは」

「――え？」

「生存説への警戒が無さ過ぎる。それが有り得ないことを誰よりも知っているからだ。……失踪した三人に加えて、おそらく『裏会議』のメンバー全員が彼女の殺害に関係している。バネッサ先生とバルディア先生が派遣されるのもそれが理由。容疑者を隔離すると同時に、次の的を絞るためだ」

テッドの中で憶測が確信へと変わる。教師の中でも限られたメンバーだけで構成される「裏会議」――その存在は彼も漠然と察している。自分のような新参を除き、キンバリーの暗部を知る面々のみで学校の舵取《かじと》りについて話し合う場。ダリウスもエンリコもデメトリオもそのメンバーだったことは想像に難《かた》くない。ともすれば「裏会議」の発足そのものがクロエ＝ハルフォードの謀殺に端を発している可能性すらある。

同僚の大胆過ぎる発言に絶句するイスコ。そんな彼女を、テッドは強く見据える。

「勘違いしないでくれ、イスコ。仮に真実がそうだったとして、僕はそれを責めたいわけじゃない。……ただならぬ事情があったことは想像できる。詳しくは分からないし、納得出来ない部分はずっと残るけど――それでも今の僕はキンバリーの教師。その判断を支持する立場だ」

そう言うなり身をひるがえし、テッドは足を速めて歩き出した。イスコも慌ててその後に続

く。やがて途中の分岐で別れた同僚のひとりの背中が見えて、テッドはそこに声を投げた。

「ヘッジズ先生！」

呼ばれた男がぴたりと足を止めて振り向く。小柄な箒術《ほうき》の担当教師、ダスティン＝ヘッジズが怪訝《けげん》な顔でそこにいた。

「――テッドか。どうしたお前、今日はめちゃくちゃ攻めるじゃねぇか。あんな前のめりだと長生き出来ねぇぞ。ここじゃ周りはどいつもこいつもバケモンなんだから……」

「理解しています。今のキンバリー教師陣で、僕がいちばん弱いことは」

苦い自覚と共にテッドが言う。……もとより、ダリウスが抜けた穴を自分が埋められているとは一度たりとも思ったことがない。指導者としてはまだしも、研究者としては足元にも及ばないのが現状だ。だが――そんな自分にも仕事はある。弱いからこそ務まる仕事が。

「だから、仲間にも化け物が欲しい。……組んでくれませんか、僕らと」

その提案に、隣のイスコがハッとして彼を見る。

「――テッくん」

「君も乗るだろう？　イスコ。キンバリーを守《こ》りたい――それが僕らの共通の願いのはずだ」

確信をもってテッドが言う。そこでダスティンがちらりと周囲へ視線を向けた。遮るもののない廊下の真《ま》っ只中《ただなか》で遮音の壁すら張っていない。誰に盗み聞きされていようと構わない――そうしたテッドの意思を感じた上で、ダスティンは改めて問う。

「わざとここを選んで持ち掛けてんだな。……ひとまず話は聞いてやる。お前、何がしてぇ？」

「事態の解決を目的とした、僕らが主導となっての捜査活動です。……校長を始めとした『裏会議』のメンバーは僕らに対して隠していることが多すぎる。それだけならまだしも、互いを疑い合った結果として捜査が硬直する可能性が否《いな》めません」

ダスティンも内心で頷《うなず》いた。容疑の本筋が教師へ向いたとなれば、これから始まるのは今までに輪を掛けた相互監視体制に他ならない。嫌疑の残る教師たちのフットワークは否応《いやおう》なく重くなる。だからこそ、数少ない例外であるテッドたちの存在が光るのだ。

「その間に、僕は信頼できるメンバーに絞って自力で校内を探りたい。僕とイスコは教師間のパワーバランスとほぼ無縁です。ヘッジズ先生の立場はまた違いますが、あなた自身がそうした立ち回りを好まないことから現状はほぼ同じ。人柄への信頼と併せて、これから僕が発足する『表会議』のメンバーに適任だと判断しました」

その単語を耳にした瞬間、ダスティンがじろりと相手を睨《にら》む。

「また露骨なネーミングだな。……校長にケンカ売る気か、お前」

「逆です。この動きこそ校長が今必要とするもの、そう確信して提案しました。……校長から促せば、それはもう校長の息のかかった派閥になってしまう。僕が自発的にやることに意味があるんです。

その上で、この三人に共通している条件がひとつあります。自分の研究に対する比重が重くないことです。……他の先生方は専門分野を掘り下げるために孤立して過ごさざるを得ません。けれど僕たちは違う。僕とヘッジズ先生は生徒への指導がメインで、イスコは図書室の司書としての役割が本分。その務めを果たした上で互いに目を配ることが可能な立場です。さらに言えば、他の先生方に対しても」

その点には頷《うなず》きつつ、ダスティンはさらに相手の狙いを掘り下げる。

「それで事が解決するとは思っちゃいねぇだろ。……お前、自分を餌にしようってんだな？」

指摘にイスコが息を呑《の》む。重い沈黙を経て、テッドが決然と口を開いた。

「この事件の黒幕に、僕の動きは間違いなく鬱陶しく映るはずです。となれば狙われない理由がありません。これまで犠牲になった三名と比べて、僕は明らかに弱いのだから。替えの利かない人材を失うのはもう沢山です。敵の狙いを僕に寄せられる――それだけでも大きな意味があるとは思いませんか？」

「…………」

「僕だけで勝手にやれ、と言われれば返す言葉はありません。……ですが、あの三人を葬《ほうむ》ってのける程の敵が相手では、ひとりだと道半ばで頓死する可能性が否《いな》めない。イスコが加わってもまだ同様です。しかし――魔法空戦の英雄が陣営に入れば、話はまるで違う」

まっすぐな視線を受けて佇《たたず》み、ダスティンが静かに問い返す。

「こっちにメリットがねぇな。……なんで俺が頷《うなず》くと思った？　それ」

その問いに、テッドが不敵に笑って答える。

「そろそろ切り上げ時でしょう？　Ｍｓ《ミズ》．アシュベリーの喪失《ロス》に腑抜《ふぬ》けているのも」

眉根を寄せてダスティンが沈黙する。テッドがこぶしを握り締めてそこに畳みかける。

「仮に先生が断っても、僕はやります。……でなければ申し訳が立たない。僕を推薦してくれたダリウス君に――」

相手の決意を見て取ったダスティンが盛大にため息を吐く。――同僚を無駄死にさせるのは寝覚めが悪い。

「痛いところ突きやがって。……まぁ、そうだな。いい加減飽きてきたとこだったわ。あいつのいねぇ空を眺めてボーッとすんのも」

ぐるんと肩を回して気持ちを切り替える。そうしてこぶしでテッドの胸を叩《たた》き、ダスティンはにやりと笑った。

「入れろよ、表会議。良《い》い箒《ほうき》と討竜刀、それに飛ぶ空があること前提なら――たとえ神様でもぶった斬ってやらぁ」

「――驚いたね。テッド君があれほど頑張るとは」

「骨のある男ですよ。物腰こそ穏やかなようで、それは学生時代からずっと変わりません」

一方、三人から離れた場所の廊下を歩きながら、セオドールとガーランドがテッドの発言について言及していた。万事控えめの同僚が示した突然の主張だけに印象は強く――何より、その内容に限っても、実のところ笑い飛ばせたものではない。それを意識しつつガーランドが口を開く。

「何より、デメトリオ先生が欠けたことで事態が切迫したのは事実です。……そろそろ私も呼ばれますか？　裏会議に」

「どうだろうね。ギルクリスト先生辺りは言いそうだけど、校長が拒むと思うよ。君に対するこだわりは本当に強いんだ。……かくいう僕も、あの場に君は似合わないと思う」

セオドールが静かに肩をすくめ、顎に手を当てる。

「しかし、クロエ君の生存説。……立場上テッド君に対しては否定的に言ってみせたけど、そう軽んじたものではないと僕自身は思っている。もちろん中身がそのままではないにせよね」

「と、言いますと？」

「生前から彼女には敵と同じだけシンパが多い。今の生徒の中にも少なからずいるだろうし、さらに言えば教師に含まれる可能性だって否定できない。そういう人間の犯行だと考えれば標的の人選にも筋が通るだろう？　もっと言えば直弟子の君なんかいちばん疑わしい」

と、薄く笑いながら言ってのける。言われたガーランドが真顔で腕を組んだ。

「クロエ先輩の仇討《あだう》ちに、ここの教師を片っ端から斬り伏せる、ですか。……ああ、言われて驚きました。確かに私がやりそうですね、それは」

「その気にならないでくれよ、頼むから。そんなことになったら僕がどんなに苦労するか」

「しませんからご安心を。しかし――先の言葉はご自身に返ります。

クロエ先輩の仇討《あだう》ちと言うのなら、それは私以上にあなたの役目でしょう？」

ガーランドが逆に問いかける。長い沈黙が流れた。その横顔にいかなる感情も浮かべぬまま、セオドールが淡々と話を変える。

「裏会議にはまだ呼ばない。ただ、君に頼る可能性は出てきた。……なにしろデメトリオ先生を退けるレベルの相手だ。どう攻略したかは想像するしかないにせよ――ともすると、第五が破られた可能性がある」

黙り込んで考え込むガーランド。その口元を見て、セオドールがぽつりと指摘する。

「笑みが漏れているよ、ルーサー君」

言われた本人がハッとして口を押さえ、そうして代わりに苦笑が浮かぶ。

「……お恥ずかしい。いい歳《とし》をして、どうにも自制が利《き》きませんで――」

第一章

§

デパーチャー
船出

生徒が魔に呑《の》まれ、教師が失踪し。そうした波乱を重ねながらも、キンバリーの時は流れる。そして迎えた新たな春。最後の一年を過ごした七年生たちを見送るため、先だって全校召集があった場所と同じ講堂に、大勢の生徒たちが集まっていた。強制ではなく自ら望んで。

「――すまんな、諸君。忙しい中にわざわざ集まってもらって」

卒業生を代表して演壇に登ったゴッドフレイが声を上げる。そのまま厳粛な雰囲気で語り始めるかと思えば、彼はにやりと笑って後輩たちを眺める。

「まぁ安心してくれ、長くはならない。キンバリーの卒業式は粗雑かつ簡易がモットーだ。だが――自慢くらいはさせてもらおう。我々は一足先に娑婆《しゃば》へ戻り、物好きなごく一部を除いてこの血腥《ちなまぐさ》い校舎とは未来永劫《えいごう》おさらばする。どうだ、羨ましかろう！」

前学生統括の発言に後輩たちが苦笑する。「よく言うぜ」「あんたの進路は輪を掛けた地獄でしょうが」――そんな予想通りの反応が返り、ゴッドフレイは肩をすくめる。

「残念だがお察しの通りだ。ここを出ても我々の魔道は終わらず、ともすれば始まりに過ぎない。これまでに増した苦難が待ち受ける者もいるだろう。無論、そこで改めて命を落とす者も。だが――確信している。それら全ての状況において、我々は決して無力ではないと。どのよ

うな理不尽を前にしようと怯《ひる》まず絶望に甘んじず、杖《つえ》を手に戦い抜く。そのような生き物として、我々はすでに出来上がっているのだから」

白杖《はくじょう》を右手に掲げてゴッドフレイが言う。腕を下ろすと同時に、その視線がふと俯《うつむ》く。

「入学式の日から数えて、私の代の死者はおおよそ二割三分。……例年よりもやや多かった。その一部は私の責任でもある。この手で救えなかった者がいて、守れなかった者がいた。私がもっと優れた人間であれば、あるいは彼らもこの場《こ》に立っていられたのかもしれない。

同様の後悔は君たちにも訪れるだろう。キンバリーを無傷で出ていける者はいない。誰もが大切な何かを喪《うしな》い、欠けた形で外に出るのだ。その穴を埋め合わせるものはない。どれほどの成果を上げようと、それだけは決して未来永劫《えいごう》現れない」

後輩たちが自《おの》ずと背筋を伸ばした。――聞き流せはしない。この魔境で誰よりも苛烈な時を過ごした男が、今、その教訓を伝えようとしているのだから。

「だから――忘れるな。すでに喪《うしな》った者はその空白を指でなぞれ。まだ喪《うしな》っていない者はそれを固く抱き締めろ。それこそが君たちの人間性の核を成すものだ。欠けた形を当然と思うな。欠け落ちる運命に達観して肯《うなず》くな。そのような諦めが積み重なる度に君たちの魂は削れていく。その果てに魔道の深淵《しんえん》に立ったとて――そこにはただ、虚《うつ》ろな神秘が残るだけなのだから」

ありったけの想《おも》いを込めて告げた上で、ゴッドフレイはふぅと息を吐いて天井を仰ぐ。

「以上をもって挨拶の締めとする。……世話になった。

さらばだ。俺の大嫌いなキンバリー」

そう呟《つぶや》いて演壇を後にする。拍手はなく、ただ敬意を宿した静寂でもって、後輩たちはそれを見送った。


「――うぇえええええええ……！」

式典を終えた生徒たちが講堂を出ると、そこからは個々人での別れの場となった。顔をぐしゃぐしゃにして縋《すが》り付《つ》いてくるティムの肩に、ゴッドフレイが苦笑して手を置く。

「ほらティム、もう泣くな。統括がそれでは格好が付かんぞ」

「やだぁ！　先輩いなぐなっだら、誰に格好付げるんでずがぁ～～～！」

人目も憚《はばか》らずにびゃあびゃあと泣き喚《わめ》くティム。が、その姿が浮いているかと言えばそうでもなく、同じように別れを惜しんでいる生徒たちは周りにも少なからずいた。当然と言えば当然だ。キンバリーで過ごす時は濃く、そこで育まれる関係性は形がどうあれ強い。

「――いい演説でしたわ。ゴッドフレイ先輩」

ティムが落ち着いたタイミングを見計らってシェラが歩み寄る。彼女を先頭にやって来た剣花団の六人に、ゴッドフレイとレセディが微笑《ほほえ》みを向けた。

「君たちか。……そう言ってもらえるのは嬉《うれ》しいが、そんなに上等なものじゃない。最後に本

音をぶち撒《ま》けただけだ」

「だとしても、わたしの本音でもありました」

　感謝を込めてカティが言う。隣のピートとガイがゴッドフレイを見つめて問いかける。

「……イングウェ先輩共々、卒業後は異端狩りになられるんですよね」

「不安とかないんすか。壮絶な現場だって聞きますけど……」

「そこは不安しかないと言ったほうが正しいな。だが、ここでの経験が活《い》きることだけは疑いようがない。せいぜい図太くやっていくさ」

「安心しろ、フォローには慣れている。こいつが自分の呪文で腕を焼いていた頃からの付き合いだ」

　不敵に笑ってレセディが請け合う。その頼もしさに六人が微笑《ほほえ》んでいると、横合いから見知った卒業生が三人やって来た。決闘リーグ最終戦でゴッドフレイたちと激戦を演じたレオンシオ隊の三人だ。

「何処《どこ》へ行こうと野良犬《のらいぬ》は野良犬《のらいぬ》か。……せいぜい野垂れ死なんことだ」

「不様には死なないさ、レオンシオ。それは君とも約束した」

「フン。憶《おぼ》えているなら構わん」

　レオンシオが鼻を鳴らして顔を背ける。と、そんな彼の隣に立つエルフの女性に目を向け、シェラが懸念《けねん》を込めて尋ねる。

「……アルブシューフ先輩、本当にキンバリーには残らないのですか？　あなたの身の上を考えて、父が心配していましたが……」

「おや、案じてくれるのかいＭｓ《ミズ》．マクファーレン。まぁそうしても良《い》いのだけど、これ以上パーシィに迷惑をかけるのも気が引けてな。順当にレオに付いて行くことにしたよ。校内に比べて『追手』に多少の警戒は要るにせよ、そのくらいは人生のスパイスのうちだ」

「とはいえ、お父上には今後も便宜を図っていただく機会が多いかと存じます。過去の無礼には何卒《なにとぞ》ご寛恕《かんじょ》を、Ｍｓ《ミズ》．マクファーレン」

錬金術師のジーノ＝ベルトラーミが恭《うやうや》しく言葉を添える。それを聞いたシェラが視線を隣の友人たちに向けた。リヴァーモアの件ではシェラも間接的に敵対したが、キーリギとの因縁は直接杖《つえ》を交えたナナオやオリバーのほうがより深いからだ。

「ナナオ。あなた自身はどう思っていますの？」

「今すぐもう一戦お願いしたくござる！」

「おお、本当かい？　誘われては断れないな、では人目に付かないところでしっぽりと」

「私に担《かつ》がれて校門を出たいのですか？　キーリギ」

ジーノが襟首を摑《つか》んで仲間を止める。と、その横目がいたずらっぽくティムを覗《のぞ》いた。

「ところで……私との別れは惜しんでくれないのですか？　ティム君」

「う、うるせー！　さっさと行っちまえお前なんて！」

ゴッドフレイの陰に隠れたティムが不機嫌な猫のように唸《うな》る。それは怒りというよりも、ジーノに対してどう振る舞うべきか分からなくなっている混乱の表れのようだ——とオリバーは思った。一方のレセディとキーリギは互いを一瞥《いちべつ》したのみで言葉を交わさない。だが、彼女らにはそれでじゅうぶんに通じるものがあるのだろう。

先輩方の人間模様をひとしきり眺めた上で、その中のひとりへ向かってオリバーが踏み出す。

「——ゴッドフレイ先輩。許されるなら最後にひとつ、お願いがあります」

「なんだ、Mr《ミスター》．ホーン。俺に出来ることなら何なりと言ってくれ」

優しい眼差《まなざ》しが後輩を向く。深呼吸を挟んで相手を見据え、オリバーが言い放つ。

「この場で手合わせを願えますか。……手心抜きの本気で」

周囲が一斉にざわついた。オリバーの意思を見て取ったゴッドフレイが真顔になる。

「……承知した。すまんが、皆」

「スペースを空けるぞ」

レセディが頷《うなず》いて人を遠ざけ始める。そうして用意された空間の中、互いの杖剣《じょうけん》を手にゴッドフレイとオリバーが向き合う。

「……強くなったな、途方もなく。一年の頃とは見違えるようだ」

「自負はあります。……その上で、あなたとの差を知りたい」

一足一杖《いっそくいちじょう》の間合いで中段に構えたオリバーが言い、ゴッドフレイが無言で先手を促す。それ

に乗った少年が地を蹴った。

「――フッ――！」

踏み込みと共に刺突を繰り出す。同時に胴体を空けて誘いをかけ、まずは順当に相手の蹴りを引き出す作戦。足技への対処はラノフ流でも工夫されており、その中のひとつが「蹴ってきた足を斬る」形での攻略である。剣の間合いで足を振り出す行為には相応のリスクが伴うもので、空振ると同時に足首から先を切断される結果も珍しくない。

「――――」

が、その点はゴッドフレイも知り尽くしている。故に安易な蹴りは振らない。自らも前に踏み出して刺突を払い、返す刃の圧力で相手の姿勢を崩さんとする。

「――ッ――！」

たちまち襲いかかる肘から先が消し飛ぶような衝撃。それを真っ向から受ける愚は犯さず、斬撃に合わせて振り抜く刃で力を逃がしながらオリバーは思う。――焦《あせ》るな、これでいい。魔力量でも魔法出力でも実戦経験でも相手が遥《はる》か上。だが一点、ラ、ノ、フ、流、の、術理の研鑽において、い、か、は自分が勝る。打撃と組み技を剣技に織り交ぜたゴッドフレイ独自の戦闘スタイルは乱戦に向き、純粋な剣の間合いにおける一対一の攻防では強みの一部しか活《い》かせない。勝機を見出《みいだ》すとすれば唯一その点だ。

逆に、絶対に避けねばならないのは圧に屈して間合いを開くこと。何の比喩でもなくその瞬

間に勝負は終わる。ゴッドフレイの魔法出力に対してオリバーの呪文ではどのような対処も出来ないからだ。かつてオルブライトと演じたような組み技の攻防もゴッドフレイには挑めない。魔法剣の本筋から外れるそうした分野こそ彼の強みであることは、すでに決闘リーグ本戦で示された。

「……ッ……アアッ……！」

「――ッ！」

純粋に剣士として勝つ。そう腹を括《くく》って劣勢を耐え凌《しの》ぐオリバーの姿に、ゴッドフレイもまた感動を禁じ得ない。……互いの腕力には大人と子供以上の開きがある。今の彼は巨人の猛攻を木の枝一本で防いでいるに等しく、練りに練ったラノフ流の技巧がそれを可能にしている。どれほどの鍛錬と執念がこの年齢にして少年をそこに至らせたのか――キンバリーで数え切れない魔法使いの生き様を目にしてきたゴッドフレイですら、それはもはや想像の埒外《らちがい》だ。

勝たせてやりたい。その労苦に報いてやりたい。なおも残酷な現実を突きつけて、彼を更なる修羅の求道へ駆り立てることなどしたくはない。

「…………」

刹那に生じた葛藤をゴッドフレイが飲み下す。――だとしても。それは決して、彼の望むところではないのだ。

「――！」

男の送り足が振り上がり、オリバーの目がその動きを確かに捉える。狙いは体ではなく刺突の直後で伸びた右腕と見えるが、剣の攻防の最中に駆け引きもなく挟まれる蹴り《それ》は明らかな悪手。今なら手首を引いて刃を薙《な》ぐだけでカウンターを合わせられる。迷う理由などない。そんな好機はこの先二度と訪れはしない。

「――⁉」

なのに。腕が、動かない。

オリバーが愕然《がくぜん》とする中、硬直した彼の手首へと横合いから蹴りが叩《たた》き付《つ》ける。骨が折れる乾いた音と共に杖剣《じょうけん》が宙を舞った。

「――ぐッ――」

「オリバー！」

折れた腕を見つめて立ち尽くすオリバーの姿にカティが悲鳴を上げる。その顔にぴたりと杖剣《じょうけん》の切っ先を据え、ゴッドフレイが口を開く。

「君が望んだ通り、掛け値なしの全力だ。……少しは参考になったか」

「……は、い。……痛感しました。この上なく……」

痛みに耐えながら少年が頷《うなず》く。その返事に微笑《ほほえ》んでゴッドフレイが杖剣《じょうけん》を収め、対するオリバーは自分の状態へと意識を向けた。――折られた右腕の全体に、ただの衝撃によるものとは異なる痺《しび》れを感じる。電撃呪文を受けた時に似た感覚であり、同時にそれこそが自分の敗因。

ゴッドフレイの杖剣《じょうけん》はおそらく最初から微弱な雷の属性をまとっていた。剣の打ち合いを通して相手の腕にそれを伝達・蓄積させ、感覚が鈍る瞬間を狙って決着の蹴りを繰り出したのだ。ラノフ流にも「腕食む伏蛇《ヒドゥンスネーク》」の名で伝わる仕込み技。ゴッドフレイの苛烈な斬撃を必死で受け流していたつもりのオリバーだったが、それに集中する余り相手の杖剣《じょうけん》が帯びる属性にまで注意が回らなかった。気付いてさえいれば対抗属性で簡単に相殺《そうさい》出来ていただろう。が、周りの誰もそれを彼の手落ちだとは思わない。あの〈煉獄《れんごく》〉とまともに剣戟《けんげき》を演じただけで快挙なのだから。

「最後の最後にキンバリーらしい時間が過ごせた。感謝する、Mr《ミスター》．ホーン」

礼を述べたゴッドフレイがレセディと共に校門へ向かう。その姿と負傷した後輩との間で立ち往生するティムだが、オリバーが目配せしたところで気遣い不要の意図を酌《く》み、踵《きびす》を返《かえ》してゴッドフレイを追った。一方、剣花団の面々がオリバーのもとへ駆け付けた直後、やや離れた位置から一連の流れを見守っていたグウィンとシャノンも従弟《おとうと》に駆け寄ってきた。

「ノル——腕、すぐ治す、から」

「オリバー——」「先輩に任せましょう、カティ」

治癒に回ろうとしたカティがシェラに止められて小さく頰を膨らませる。綺麗《きれい》に折られた右腕にシャノンが治癒を施す間、グウィンはため息と共にオリバーへ話しかける。

「……無茶なことを。今の時点で勝ち目があると思ったわけでもあるまい」

「だからこそ、だ。……あの人はこの先もまだまだ強くなる。ここで距離を測っておかないと、背中を追いかけるビジョンすら浮かばない」

そう答えながら遠い背中を見つめる。――進路が異端狩りということは、ゴッドフレイらは現在の魔法界を守る側、即《すなわ》ちキンバリーの教師陣と同じ立場に回るということ。頼れる先輩であってくれた時期は今日で終わる。もう彼らの助けは望めない。いや、それどころか、

――次に会う時は、敵同士なのだから。

胸の内でオリバーはそう呟いた。大恩ある先輩に敵として杖《つえ》を向ける、どこまでも残酷な未来を思い描きながら。

卒業式が終わって間もなく、キンバリー生たちは恒例の長期休暇に入った。

全ての生徒が授業から解放される時期だが、今年から四年生になるオリバーたちは特にその期間が長い。下級生から上級生になる境目のタイミングとあって、慣例的に多くの生徒が身辺を整理するからだ。実家への帰省と現状の報告はもちろん、中には長期に及ぶ研究旅行を計画する生徒もいる。剣花団の六人もまたその例外ではなかった。

「――準備は出来てる？　みんな」

もうじき足を運ぶことも少なくなる下級生の憩いの場「友誼《ゆうぎ》の間」の中、同じテーブルで夕

食を取る仲間たちにカティが確認する。他の五人が揃《そろ》って頷《うなず》いた。

「明日からの、だろ。当然済ませた。ボクも久しぶりの長旅だからな」

「本土に行くのも久しぶりだぜ。独国《ダイツア》、蘭国《ランシール》と経由して湖水国《ファーンランド》で、そこから靴国《ユタリ》経由で大英魔法国《イエルグランド》に戻って各自の実家巡りだろ？　ワクワクするよなぁ」

ピートとガイが期待を滲《にじ》ませた声で言う。と、頃合いを見計らっていたオリバーが、そこで遠慮がちに切り出した。

「それについてなんだが。……ひとつ、相談があって」

「あら、なんですの改まって。旅程の変更なら融通が利《き》きますわよ？」

「そうじゃないんだ。……その……同行者をひとり、増やしてもいいだろうか」

口から出たのは誰にとっても予想外の提案だった。ガイが目を丸くして問い返す。

「意外なとこ来たな。誰だ？　ロッシとかか？」

「いや、彼とは旅先で落ち合う予定がある。連れて行きたいのはまた別で……」

「私です」

オリバーの傍《かたわ》らから声が響く。全員が驚いて目を向けると、今年から三年生になるテレサ＝カルステがそこに立っていた。

「テレサちゃん？　あなたが一緒に来たいの？」

カティの確認に、テレサが無表情のままこくりと頷《うなず》く。オリバーが硬い面持ちで言葉を続け

る。

「……先に声をかけたのは俺だ。どうしてもこのタイミングで『外』に連れ出したい。もちろん、君たちが許してくれればだが……」

窺《うかが》うように友人たちの表情を見るオリバー。その視線の先で、五人が顔を見合わせる。

「……いいんじゃないの？　別に。マルコだって来るんだし。後輩がひとり増えても何も困んないよ、わたし」

「だそうだぜ。人見知り代表の意見はどうだ？　ピート」

「侮《あなど》るな。赤の他人ならともかく、付き合いのある後輩ひとりくらい何の問題もない」

「であればあたくしも賛成しますわ。ナナオは――」

「旅が賑《にぎ》やかになり申すな！」

快い承諾が返り、オリバーがほっと安堵《あんど》の息を吐く。そこでカティがふと思い出したように問い直す。

「むしろテレサちゃんひとりでいいの？　他の三人が寂しがりそうだけど」

「Mr《ミスター》．トラヴァースは補習で忙しく、Mr《ミスター》．コーニッシュはその手伝い。Ms《ミズ》．アップルトンも専攻分野の予習で長くは体を空けられないそうだ。日頃から成績に問題がなく、現時点で専攻分野を決めていないテレサだけが長期の旅行に参加できる」

「思い切ったサボり旅行ってわけだ。いいねぇ、そういうの」

にやにやと笑ってガイが言う。オリバーが少女へ顔を向けた。

「みんなが受け入れてくれてほっとした。……そういうことだ、テレサ。もう準備はしてあると思うが、明日までに荷物のチェックを済ませておくように」

「承知しました。では、集合時間に改めて」

手短に答えたテレサが身をひるがえして友誼《ゆうぎ》の間を後にする。その背中を見送りながら、ガイが友人を肘でつつく。

「……で？　捻じ込んだ理由は何だよ。可愛《かわい》すぎて旅先でも手元に置きたくなったか？」

「……否定は出来ないな。ただ、理由に関しては本当にさっき言った通りだ。このタイミングで彼女に『外の世界』を見せておきたい。生い立ちと絡《から》んで、あの子は特にそれを知らない子だから……」

そう答えながら思い出す。つい先日、この件について従兄《あに》と従姉《あね》に相談した時のことを。


「――長期旅行か。いいタイミングだ、行ってこい」

迷宮一層の隠し工房で友人たちの予定を告げた時、グウィンはふたつ返事で従弟《おとうと》にそう促した。校内の緊迫感が増す一方の時期だっただけに、この言葉にオリバーは耳を疑った。

「……断る前提の報告だったんだが。それはつまり、俺がキンバリーを空けたほうがいいとい

うことか？　従兄《にい》さん」

「その通りだ。デメトリオ＝アリステイディスの『失踪』によって教師側の警戒もピークに達している。校舎に留まるほうが怪しまれるだろう。今のお前の振る舞いとしては、友人と呑気《のんき》に旅行してみせるくらいが丁度いい」

テーブルで魔法薬の調合を続けながらグウィンが説明する。それを聞いたオリバーの表情が険しくなる。

「……全校召集での確認は、凌《しの》いだと見ていいのかな」

「ああ。エンリコ戦でもそうだったが――デメトリオ戦で戦死した『同志』の半数は、学校の記録上すでに死んでいる生徒たちだ。前々から迷宮に潜伏して死を偽装していた。溢《あふ》れたのは六人だが、この数なら年間の死者の中に辛《かろ》うじて紛れ込める……」

力無く掠《かす》れた言葉尻にオリバーは目を伏せた。それこそ彼らが今日まで教師陣に正体を摑《つか》ませないまま暗躍出来ている理由のひとつであり、記録上もとより死んでいる生徒が戦死しても学校側はそれに気付けない。

が、だとしても犠牲が大きかったことに何ら変わりはない。ことに長年の付き合いだった第三新聞部部長ジャネット＝ダウリングの喪失はグウィンに重く響いているとオリバーも気付いていた。彼女の声がこの工房に響くことは、この先二度とない。

「……俺とシャノンに関しては心配無用だ。すでに職員枠として正式に採用されている以上、

他の生徒と比べて嫌疑のかかる順番は後になる。テオたちの働きでデメトリオ戦の時の不在証明《アリバイ》も確保してあるのでな。他の同志たちについては今更だ。前と比べて嫌疑が濃くなる者はいるにせよ、新年度に入った後もそれは同じなのだから」

オリバーの心配を払拭《ふっしょく》するようにグウィンが言う。それでもまだ決心が付かずにいる少年の肩に、シャノンが後ろから手を置く。

「行って、おいで、ノル。……お姉ちゃんも、そのほうが、嬉《うれ》しい、から」

「従姉《ねえ》さん……」

彼女から重ねて背中を押されては、もはや断ることも出来なかった。だとすれば、とオリバーは思う。……戦場から距離を置くのはともすればこれが最後のチャンス。この機会に少しでも多くの意味を詰め込みたい、と。

「……分かった。なら、もうひとつ我儘《わがまま》を重ねたい」

心を決めて切り出す。脳裏にあったのは、自分に付き従う隠形の少女のことだった。

「……本当に、一から十まで俺の我儘《わがまま》だ。勝手を言って本当にすまない」

オリバーが肩を縮めて詫《わ》びた。それを聞いたカティの瞳が切なげに揺れる。

「……オリバーの我儘《わがまま》なら、お金払ってでも買いたいよ。わたし」

　ぽつりとそう呟《つぶや》く。仲間たちの視線が自分へ向く前に、彼女は慌てて話題を切り替える。

「な――なんでもない！　ほらガイ、秘密基地に行ってマルコの準備しよ！　外出許可は取ってあるけど、おっきいと移動の時とか色々大変だから！　今のうちに予行練習しないと！」

「へいへい。そうだよな、ちっこい後輩よりそっちのが問題だよな」

　と、カティに連れ立ってガイも立ち上がる。四人と別れて友誼《ゆうぎ》の間を出ながら、彼は隣を歩く少女にちらりと目を向ける。

「……テレサには嫉妬しねぇのな、おまえ」

「へ？」

「いや、だってよ。シャーウッドの姐《あね》さんには露骨に張り合うじゃねぇか。あんだけオリバーにくっついてるテレサに反応しねぇのは意外だなって」

　素朴な疑問をそう尋ねる。その指摘に、カティが頬を赤くして顔を背けた。

「べ、別に張り合ってなんかいないけど。……テレサちゃんとオリバーは、そういうのとは少し違うかなって」

「へぇ？」

　意味を理解しかねたガイが首をかしげた。カティが寂しげに微笑《ほほえ》んで言葉を続ける。

「ガイには分かんない？　……あの子を見る時のオリバーね、同じ目をしてるんだよ。わたしを心配する時のパパと、ママと……」

そうして迎えた翌日の朝。校門前に集まった彼らは、長い旅行の最初の目的地へと出発した。

「――ぐぬぬぬぬぬ……！」

「気張れ、ガイ！」「もう少しですわよ！」

箒《ほうき》で空を飛びながら互いを励まし合う。剣花団の面々にテレサを加えた七人の下に、ハーネスを着けて空中に吊《つ》られる形でマルコが同行していた。トロールひとりの重量は相当なものなので、今は全員の魔力でそれを支えている形である。三十分余りの飛行を経て目的地の船着き場へ辿《たど》り着《つ》き、マルコを地面に下ろすと同時に全員が息を切らした。

「つ、着いたぁ……！」

「ぜぇ、ぜぇ……悪ぃマルコ、これだけは言わせてくれ。……めちゃくちゃ重かった……！」

「ウ、すマないイ。オれ、軽クなレないイカラ……」

「はぁ、はぁ……気にするなマルコ。重さを減らす手はいくらでもあった。そもそも陸路で運ぶことも出来たんだから、これは単にボクたちの趣味だ」

「そうですわ。そもそも言い出したのはガイですわよ。今なら全員でマルコひとりくらい運べるんじゃないかと」

しゅんとするマルコに改めて経緯を強調するピートとシェラ。その隣で、額の汗をぐいと拭

ったナナオが爽やかな笑みを浮かべる。

「されど、実際に運べ申した。成長が実感出来て拙者は嬉《うれ》しくござる」

「それはあたくしも同感ですわね。Ｍｓ《ミズ》．カルステは大丈夫ですか？　いきなり大仕事に付き合わせてしまいましたが……」

「……な……なんとも、ありません……」

懸命に呼吸を整えながらテレサが頷《うなず》く。こうした荷運びはまるで彼女の本分ではないだけに消耗が大きい。その背中に優しく手を置きながらオリバーが声をかける。

「頑張ったな。ここまで来れば後は船旅だ。景色を見ていれば疲れなんてあっという間に忘れるさ」

「……はい」

どうにか背筋を伸ばしたテレサが平然を装《よそお》って応える。と、そこに目の前の船着き場から声が上がった。連なって浮かぶ船の上で乗組員の女性が手を振る。

「ケープヒル行き連結船、出発まで残り二十分となります～。ご乗車の方はチケットを提示の上、乗組員にお声がけを～」

「あ、はい！　乗りまーす！」

カティが手を挙げて主張し、八人全員で船に乗り込んでいく。正確には連結船であり、細い水路で効率的に乗客を運ぶために五隻の中型船を前後で繋《つな》いだ構造だ。デッキに拵《こしら》えた日傘の

下にマルコを落ち着けると、他の七人はキャビンに入って各々《おのおの》の荷物を置いた。本来なら数十人が乗れる中型船なのでマルコが乗ってもデッキには余裕がある。最後尾の船であることで他の乗客が訪れる気兼ねもなかった。

「のんびり船旅ってのも優雅なもんだ。一隻貸し切りだと気遣いもねぇな」

「マルコを貨物室に押し込めるわけにはいきませんからね。ただ、船賃を安くする代わりに条件がありましたわよね？」

「うん。寄港時の積み下ろしを手伝うことと、何かアクシデントがあった時の対応ね。この後も何度か乗り継ぐけど、そのふたつを約束したらどこも格安にしてくれたよ。やっぱり同じ船に魔法使いがいると頼もしいみたい」

「互いに得があるなら遠慮は要らないな。ボクはさっそく寛《くつろ》がせてもらう」

船室の隅に陣取ったピートが、荷物から取り出した組みかけの小型ゴーレムと向き合い始める。各人がめいめいの場所に身を落ち着けたところで船が出発した。デッキに出たナナオが流れ始めた景色を前に歓声を上げる。

「おお、快速にござるな！　故郷の舟とはまた趣が違ってござる！」

「交通網として整備された水路だからな。速度は一定のラインまで約束されているし、揺れも少なくて乗り心地は良好だ。魔法使いだと乗ることは少ないから、かえって君にはいい経験だろう」

隣に立ちつつオリバーが言う。魔法使いの移動手段は第一に箒《ほうき》で、どこへ行くにも大抵はそれが一番手っ取り早い。ただ、空を飛んでいては見えないものもある。普通人を含んで営まれる魔法文明社会の構造はその筆頭だ。大英魔法国《イエルグランド》、ひいては連合《ユニオン》全体についての理解を深める上でも、この旅行はナナオにとって貴重な機会になるはずだった。

「……だが、本当に良かったのか？　日の国《ヤマツ》への里帰りを考えなくて。かなりの遠出にはなるにせよ、今の君ならじゅうぶんに可能だったが」

「それで里心が付いても宜《よろ》しくござらん。それに、旅立つ前に母には伝えてあり申す。貴殿の娘は死んだものと考えて頂きたしと」

淡々とした答えに、オリバーは二の句が継げなくなった。――出会って間もない頃の彼女を思い出す。死の直前で思いがけずセオドールのスカウトを受けたナナオにとって、その誘いに乗って海を渡る行為は彼岸への旅路に等しかったのかもしれない。

「拙者の故郷は戦で焼けてござる故、その面でも呑気《のんき》に里帰りというわけには参り申さん。が――セオドール殿から時折現状は教えて頂いてござる。一族ともども落ち延びた先でどうにかやっておられると。拙者からの仕送りもちゃんと届いてござるしな」

「……ああ。君の入学に際しての、それもセオドール先生の計らいだったな」

オリバーがひそかに安堵《あんど》の息をつく。か細くはあっても、彼女はまだ故郷と繋《つな》がっているのだと。そこですり、とナナオが少年の肩に頬を寄せる。

「無論、寂しくないと言えば嘘《うそ》になり申す。……こんな時は人肌の温《ぬく》もりが恋しゅうござるな」

「甘え方に遠慮がなくなったな、君は」

オリバーが微笑《ほほえ》んで彼女の体を抱きしめる。と、その光景を船室の窓越しに眺めていたカティが、ふいに立ち上がってぽつりと口を開く。

「……ガイ。膝空けて」

「あ？」

「いいから。黙ってぎゅってして」

隣の椅子に座っていたガイの膝に腰を下ろし、摑《つか》んだ両腕を背後からお腹《なか》に回させる。言われるまま彼女を抱擁したガイが苦笑を浮かべる。

「なんだよ、初っ端《しょぱな》からお姫さまモードか。いきなりおれに来るのも珍しいな」

「これでいいの。シェラは心配させちゃうし、ピートはもう工作に集中してるもん」

「まぁそりゃそうか。ナナオは取られちまってるしな」

ガイの何気ない一言に、カティが目を伏せる。

「……ナナオは……最近……」

「ん？」

「……匂いがね、するんです。オリバーの。ハグすると、すっごく濃く……」

絞り出すような声でカティが言い、それを聞いたガイが頬を赤くして咳払《せきばら》いする。

「……そりゃまぁ……なんつーか、ご愁傷様だ」

「大問題です。あれは、頭が、おかしくなります」

「分かった、分かった。別に文句はねぇよ。その分がおれに回ってきても」

カティの頭を撫《な》でて宥《なだ》めるガイ。それだけでは不足と見て、彼は船室の隅にちょこんと座っていた後輩に目を向けた。

「あ、いたいた。——おいテレサ、おまえも隅っこで息潜めてんじゃねぇよ。いっしょにこのお姫さまの相手してくれ」

「会話が不得手なので」

「旅の間ずっとそれで通す気か？　おれたちと仲良くしねぇとオリバーも心配すんぞ」

「テレサちゃん、おいで～」

カティが手を伸ばして相手を招く。それで仕方なくテレサも立ち上がり、渋々とふたりの傍《そば》に寄っていく。

「気ィ使わなくても、今のこいつの精神年齢はおまえとどっこいだ。出来の悪い姉とでも思って雑に構ってやれ」

「そんなことないもん。ほらほら、魔法チェスもカードゲームも色々持ってきてるんだよ。テレサちゃんはどれが好き？」

「どれもルール程度は分かります。たまにリタにも誘われますので」

「あら、さっそくボードゲームですの？　だったらあたくしも交ぜてくださいませ」

流れを見て取ったシェラがそこへ参加し、ほどなくナナオとオリバーも船室へ戻ってくる。マルコは船酔いが出てきたのでそっとしておいて、七人はしばしカードゲームに興じて時間を過ごした。

「……ん、そろそろ登り区間に差し掛かるな。一度甲板に出よう」

オリバーの提案でゲームを切り上げ、全員で船室の外に出る。日傘の下に大人しく座っていたマルコへカティが歩み寄った。

「マルコ、大丈夫？　船酔い落ち着いた？」

「ン。カティの言ウ通リ、ジット遠ク見テたラ治ッた」

「野生のトロールが水の上に出ることはまずないからな。怖くはないか？」

気遣うオリバーに、マルコが微笑《ほほえ》みを向ける。

「チョットだけ。ケど平気。モし落ちテも、ミんナ助ケてクれル」

「任せろ、死ぬほど訓練したからな。水潜って呪文でぶち上げるぜ」

「顔を泡で包むのも忘れずに。そのまま潜っても声が出ませんわよ」

自信満々で請け合ったガイにシェラが忠告する。と、そのタイミングで船が後方に傾いた。明らかに標高の高い進路上へ向かって前進を続ける船の様子に、舳先《へさき》へ走り寄ったナナオが驚

きの声を上げる。

「――おお！　これは奇怪、水が坂を登ってござる！」

「登り区間に入ったな。なかなか見応えがあるだろう？」

「通常は隧道《トンネル》を掘ることのほうが多いのですが、ここは上のほうに大きな街がありますからね。利用者が多いので精霊水を大量に使っても採算が取れるのです」

「はい、ここでクイズ！」

唐突にカティが声を上げ、それに全員が振り向く。

「魔法産業革命を語る上で避けては通れない運送網の発達。それはどのような形で実現されているでしょうか？　はい、テレサちゃん！」

「見たまま水路です。連合《ユニオン》全体に運河を張り巡らせて流通を促していると聞きました」

「正解！　でも、普通なら水は上から下に向かって流れるだけ。都合のいいところに川があるとも限らないし、既存の地形を利用した形での水路網だと限界があるよね。その問題はどのように解消されたでしょうか？　はい、次はガイ！」

「イチから水路造ったんだろそりゃ。んでなんかこう精霊上手《うま》く使ってよ」

「間違ってないけど説明が雑！　マルコ、お手本！」

「ン？　オレカ」

話を振られたマルコが少し記憶を辿《たど》り、やがて流れていく景色を見ながら語り始める。

「――水路ノ開拓にハ、使役シた泥竜《ワーム》ヲ利用シてル。土ヲ食べて進ンだ跡ガそノまマ溝ニなルから、大マかニ削ッた後デ表面ヲ加工スるダけ。後ハ水路同士ヲ繋《つなぎ》ゲて道ニすル」

「す、すごいな。そこまで理解して語れるのか」

「スごクなイ。本デ読ンだコと、ソのマま話シてルだケ」

何でもないことのようにマルコが言う。カティがうんうんと頷《うなず》いて口を開く。

「良《い》い説明だね、マルコ。――でも、それだけだと水路の『流れ』が説明出来ない。自然に低く流れた水は高い場所にはもう戻らないからね。今みたいな登り坂は特にそうだけど、その水をどうやって『流して』るのか。そこも詳しく教えてもらえる？」

「ン。国境ヲ跨《また》イだ水路網ノ全体デ魔法陣を描クこトで、地脈ノ魔力ヲ水流に変エてル。だカら水ノ流れモ高低差ニ縛ラれナい。平ラなトころでハ水流ノ速度ヲ増しテ、登リ坂でハ上に向カってテ流レるヨうニしテる」

「大正解！　さらにさらに、そのアイディアの大元は!?」

「ン……確カ、構想自体は千年以上昔からあッた。技術的ニはズっト可能だッたケど、国ヲ跨《また》いダ大工事が必要ニなルから実現しテなカっタ。連合《ユニオン》ノ発足でソれガ解消さレた」

「んもぅ全部正解！　えらい！　マルコえらぁぁぁーい！」

カティが大喜びで飛び跳ねる。オリバーが感心しきりに腕を組んだ。

「水路の仕組みはまだしも、その実現の過程についてまで言及するとは……。カティ、これは

事前に仕込んであったのか？」

「違うよ！　本はたくさん与えたけど、知識はほとんどぜんぶマルコが自発的に読み解いたの！　すっごい吸収力なんだから！　今なら子供相手の教師だって務まるかも！」

胸をそびやかしてカティが言う。シェラが深刻な表情でマルコを見上げた。

「とてつもない成果ですわ、カティ、マルコ。空恐ろしくなるほどです。トロールがここまでの知性を持ち得ると想像した魔法使いが過去にいたでしょうか？」

「言葉の意味、文脈、社会構造をもろもろ理解した上での発言だ。教育を受けた人間の大人と何も遜色ない。マルコが今みたいに喋《しゃべ》ってる映像が出回るだけで、たぶん亜人種界隈《かいわい》は大騒ぎになるだろうな……」

その光景を想像してピートが呟《つぶや》く。頷《うなず》いたシェラがカティに向き直った。

「だからこそ気になります。カティ――この成果を、あなたはどう扱うつもりですの？　気軽に発表するには多方面への刺激が強すぎます。打ち明ける相手も選びませんと……」

問われたカティが興奮を収めた。マルコに歩み寄って太い指をぎゅっと握り締め、

「人権運動への参加も含めて、想定は色々あるよ。でも――まずは、マルコと相談する。本人がどうしたいか、自分の言葉を誰に伝えたいか。それがいちばん重要だもん」

もっとも優先すべき点をそう告げる。ガイが腰に手を当ててにっと笑った。

「それも含めて上級生になってからの課題ってわけだな。上等じゃねぇか」

「……そうだな。いざ動く時には俺たちにも相談してくれるだろうし、今の時点で心配しすぎるのは止めよう。君もそれで構わないだろう？　シェラ」

「ええ、もちろんです。……恥ずかしながら、今の質問は畏怖と好奇心が勝りました。あなた自身の意志が何より重要なのは当然だというのに。許してくださいませ、マルコ」

「何モ怒ッてナい。シェラ、いツも優シい。カティのコと心配しテくレてル」

マルコのフォローにシェラがくすぐったそうに微笑《ほほえ》む。深刻な話が一段落したところで、オリバーが話題を他に移した。

「俺の都合だが、君との意思疎通が深まったなら試してみたいことが沢山ある。例えば精霊との交流だ。俺たちよりも種として自然との親和性が高い君には、この水路の水ひとつ取っても違った形に見えているはず。どう感じるかを訊《き》いてもいいか？」

「ウ。ココの水、酔っパらッてテ怖い。浅クてモ入りタくナい。飲ムのモ嫌」

こわごわと水面を見下ろしながらマルコが言う。オリバーが神妙に頷《うなず》いた。

「正しい直感だ。この水には異常なほどの密度で精霊が存在していて、そうした水を生き物が飲むと中毒を起こす。血流そのものが狂うからで、ここに落ちて溺れた人間が後から亡《な》くなるのもおおむねそれが原因だ」

「魔法使いだとどうなるのか気になるな。ガイ、オマエ喉渇いてないか？」

「さらっと実験しようとすんじゃねぇぞ！　あいにく今日びの連結船は便利でな、前の船にい

きゃ売店だってちゃんとあんだよ！」

ピートの冗談にガイが即応して叫ぶ。そうして八人の船旅は賑《にぎ》やかに続いていった。

管理された水流によって最低速度が確保された水路の旅は滞りなく進む。途中の港で貨物の積み下ろしを手伝いながら半日も進んでいくと、やがて連結線は下り路線の最後の港に辿《たど》り着《つ》いた。即《すなわ》ち、海の手前である。

「ここが大英魔法国《イエルグランド》の南端だ。——さぁ、いよいよ海に出るぞ」

「さすれば帆船にござるな。こちらのものはどのような造りにござろうか」

次の船へと向かいながらナナオが期待に胸を膨らませる。それを聞いた他の面々が微笑《ほほえ》んで顔を見合わせた。

「生憎《あいにく》ですが、ナナオ……」

「出るのは海でも、乗るのは——な」

意味深な言葉にむ？　とナナオが首をかしげるが、友人たちはあえて解説しない。予備知識なしでそれを目にする感動を奪わないために。

異常に大きな橋が水平線の向こうまで続いている。ナナオが目にした光景は第一にそれで、続けて、その上を滑るように行き来するいくつもの大型連結船が目に入った。海を跨《また》ぐ形で上りと下りの二本の水路があり、その上を荷物や旅客を乗せた船がひっきりなしに行き来しているのだ。

その一隻に乗って舳先《へさき》に陣取りながら、さっきまで踏んでいた大地が後方へ遠ざかっていくのを、ナナオは興奮して見つめていた。

「——海の上の水路にござるか！　これはまた大仕掛《おおじかけ》けな……！」

「こうしないと島国の大英魔法国《イエルグランド》は本土の交通網から隔離される。海峡を跨《また》ぐ大橋《ビッグブリッジ》は連合《ユニオン》の設立当初から巨額を投じて推し進められた計画だ。それだけに建設にまつわる逸話も多い」

オリバーが隣で解説を添える。——帆船で直接海を渡ることももちろん可能だが、それだと船の動きは海流や天候に少なからず左右されてしまう。ヒトとモノの流れを安定させるために大陸と直結した水路が求められたのは大胆だが必然だった。無論ここの流れも地脈から汲み上げた魔力によって強められているため、船の速度は海を走る場合と比較にならない。潮風に髪を揺らしながらシェラが説明を補足した。

「海棲《かいせい》の魔獣への対処に何よりも頭を悩ませたようですわね。聞けば下準備の段階で群れの生息域を丸ごと移動させるといった大事業まで行われたようで」

「それが原因とされる環境問題もたくさん起こってるんだよ！　そもそもここの水の海洋への

廃棄自体が色んな悪影響に繋《つな》がっててね！」

「批判のタネに事欠かねぇなおまえは！　いいよもう好きなだけ喋《しゃべ》れ！」

論陣を張り始めたカティとオリバー、シェラの間で議論が始まる。その間ぼんやりと海を眺めていたテレサに、ふとナナオが歩み寄って話しかけた。

「――楽しいでござるか？　テレサ殿」

「……まぁ、それなりには」

「左様か。拙者は楽しくござる。この生涯で、よもや海を渡る川を眺める日が来ようとは」

感慨を込めてナナオが言い、その視線をぐるりと周囲に回す。

「オリバーはおそらく、貴殿にこれを見せたかったのでござろう」

「海を渡る川を、ですか？」

「否。世界の広さを」

ぐ、とテレサが言葉に詰まる。なぜ自分がこの旅行に誘われたのか――その意味を考えなかったわけではない。キンバリーの中しか知らない自分に「外」を見せる主君の想《おも》いを、テレサの側でも半ば察している。それを察せる程度には、彼女もまたオリバーという人間を理解していたから。

「見聞が広がってござろう？　この通り、世界にはオリバー以外にも様々なものがござるぞ」

「……あなたが言いますか、それを」

「日頃から意識してござるからな。でなくば貴殿と同じ相手ばかり目で追ってしまい申す故」

苦笑してそう言い、かと思えば一転していたずらっぽく笑って、ナナオは少女に耳打ちする。

「ひとつ競争は如何《いかが》か、テレサ殿」

「競争？　何をですか」

「どちらが先にオリバーに抱き着くか。無論、つまらぬ手加減は抜きにござる」

挑発的に言ってのけるナナオ。その提案を聞いた瞬間、テレサが迷わず杖《つえ》を抜いた。

「……**芯まで痺れよ**《インペディエンドム》」

「ぬおっ⁉」

「乗りましょう。もう勝負付いてますけど」

先手を打って相手を麻痺《まひ》させた上で走り出す。この程度のはしゃぎ方は許されるうちだ――そう自分に言い聞かせながらオリバーの背中に飛びついていく。が、隠密《おんみつ》の本能から背面を狙ったのが裏目に出た。気配に気付いたオリバーが反射的に横へ跳んで躱《かわ》してしまったからだ。

「――っ⁉」

「躱《かわ》されると予定が狂います、先輩」

「なぜ急に突進を⁉　落ち着け、甲板であまり騒ぐのは――うわっ！」

横合いから飛び掛かってきたふたり目をオリバーが続けざまに躱《かわ》す。空振った襲撃から体勢を整えつつ、ナナオが不敵に微笑《ほほえ》む。

「避けられ申したか。流石《さすが》の身のこなしにござる」

「君もかナナオ！　はしゃぎ過ぎだ、諸共《もろとも》海に落ちる勢いだぞ今のは！」

抗議しながらふたりと向き合うオリバー。と、そこでデッキの反対側から怒鳴り声が響き渡る。

「くぉらぁ――――っ！　デッキではしゃいでんじゃねぇぞガキども！　水路の底で掃除海老《えび》のエサになりてぇかぁ――――っ！」

脅し文句と共に走ってくる乗組員の姿が目に入る。しまった、とオリバーが頭を抱えた。


結果として、五分ほどの説教の後に三人とも解放された。

「……俺まで叱られたぞ。満足か？　ふたりとも」

「……申し開きも……」「反省しきりにござる……」

テレサとナナオがしゅんと俯《うつむ》く。その様子にシェラがくすくすと笑う。

「いいものを見せて頂きましたわ。私服で杖《つえ》を隠しているせいとはいえ、普通人に怒鳴られるのは珍しい体験ですわね」

「激しいハグは時と場所を選べってこったな。ま、オリバーには同情しねぇけど」

「なぜだ⁉」

　ガイが口笛を吹いて本人の抗議を黙殺する。その後も船旅は順調に進み、船は海峡を越えて大陸へと近付き始めた。八人を乗せて海を渡った大橋がそのまま大陸側の水路へと流れ込む。

「幹線水路に入りますわよ。──正真正銘、ここからが本土の大運河ですわ」

　シェラの予告から間もなく、川幅にして二千ヤードを越える水路が彼らを乗せた船を迎え入れた。大型の連結船が悠々と反転できる水面の広さ、視界の左右を流れていく港町の光景にガイが歓声を上げる。

「……でけぇ……！」

「なんたる川幅！　水路にござるか、これも！」

「圧巻だろう。水路網の敷設《ふせつ》前から水運の要衝だった大河川がベースで、その頃からさらに川幅が拡張されている。今となっては下手な湖よりも遥《はる》かに大きい」

「でもね、そのせいで元々の生態系が……」

「一言物申さなきゃ気が済まねぇのかおまえは」

　なおも議論の種を増やそうとしたカティを、ガイが髪の毛をかき混ぜて黙らせる。やがて船が停泊した港で全員が下船し、大陸の地面を靴底に感じた。季節は初春だが大英魔法国《イエルグランド》よりもいくらか気候は暖かい。過ごしやすさを肌で感じつつ、オリバーが仲間たちに予定を告げる。

「本土の土を無事に踏んだところで、今日はここで一泊だ。地域としては蘭国《ランシール》の北端に当たる。美食で名を馳《は》せる国だけに食事には期待していいと思うぞ」

「はひはひ、ひみでほはる」

「うぉっ、もう買い食いしてやがる！」「船の中でもたくさん食べてたよねナナオ⁉」

港の屋台で買った軽食を頬に詰め込んだナナオの姿に他の面々が苦笑する。その間、テレサは周囲を行き交う人の波を何も言わずにじっと見つめていた。オリバーがそちらに視線を移す。

「どうした？　テレサ」

「……いえ。ただ、人が多いな、と」

ぽつりと答える。これまでキンバリーが世界の全てだった少女にとって、目の前の光景は初めて目にする世界の広がりそのものだ。後ろからその肩に手を置いてオリバーが囁《ささや》く。

「君や俺と同じで、このひとりひとりに人生がある。——すごいだろう？　そう考えると」

「……目が回りそうです」

「テレサ殿もおひとつ」

横からにゅっと現れたナナオがテレサの口に焼き菓子を押し込む。半ば反射的にそれを咀《そ》嚼《しゃく》したテレサの目が輝いた。

「……！」

「君はそこが入り口のほうが良さそうだな。……しかしナナオ、夕食はこれからだぞ？」

「心配無用！　まだ腹一分にも達してござらぬ！」

意気揚々とナナオが請け合う。オリバーが苦笑し、そうして八人は宿泊先を目指して港を後

にした。

「マクファーレン様のご一行ですね。お待ちしておりました」

港町に入ってしばらく歩いたところでシェラが予約した宿に到着した。スタッフの丁寧な応対と共に通されたのは階段を下った先の地下室であり、秘密基地のメインルームに劣らない広さの客室が彼らを出迎えた。地下故の殺風景さは窓越しに見える中庭によって中和されており、完璧にメイクされたベッドとソファ、ウェルカムドリンクの並んだテーブルにカティが歓声を上げる。

「うわ、広……！」「どんだけ敷地《しきち》使ってるんだこれ」

「マルコと一緒に泊まれる部屋を用意させました。とはいえ、魔法使いの宿で環境に注文を出されるのは別段珍しいことではありません。マクファーレンの名で無理を通す程でもありませんし、見た目ほど費用は掛かりませんのよ？」

微笑《ほほえ》みを浮かべてシェラが言う。トロールのマルコを伴っての旅行ということで、彼らの間ではあらかじめ道中の便宜を図ってあった。主に交通と宿泊の問題だが、それを解決できる程度の技術と蓄えは彼らにもある。とりわけ「使い魔ではなく旅客としての扱いで」という条件は徹底したところだった。

部屋の調度をひと通り確認しながら寛《くつろ》いでいると、ふいに部屋のドアがノックされる。八人が同時にそちらを向いた。

「あら、スタッフでしょうか。──どうぞ、お入りになって！」

シェラが促すと同時にドアが開き、そこに覗《のぞ》いた顔にオリバーたちは目を丸くした。キンバリーで馴染《なじ》みのふたり、ステイシー＝コーンウォリスとフェイ＝ウィロックの主従が微妙な顔で立っていたからだ。

「……やっぱりあんたたちね。騒がしいと思ったら」

「ステイシー⁉」「驚きましたわね！　あなたたちもこの宿に⁉」

ピートとシェラが驚いて歩み寄る。ステイシーが鼻を鳴らして髪をかき上げる。

「研究旅行のついでに観光で寄ったのよ。……というかあんた、私と同じツテを辿《たど》ってこの宿を見つけたでしょ。親戚ってこういう時に困りものね」

「無駄に尖《とが》るな、スー。……ばったり出くわす前に挨拶に伺ったが、そっちの邪魔をする気はない。部屋の防音も十全だし、こっちのことは気にせず楽しくやってくれればいい」

フェイが遠慮がちに言い置く。が、その言葉にガイがにやりと笑う。

「顔を見せた時点でそりゃ無理ってもんだ。なぁ、シェラ」

話を振られたシェラがにっこりと微笑《ほほえ》み、ステイシーの手を柔らかく握った。

「ねぇ、スー。夕食の当てはありますの？」

せっかく旅先で会った顔馴染《かおなじ》みを手放す理由もなく、彼らは旅の面子《めんつ》にふたりを加えた十人で夕食の店へと向かった。ここも一室貸し切りなので気兼ねはない。ステイシーとフェイが妙に大人しく誘いに乗った理由は、テーブルに着いて間もなく明らかになった。

「――だからぁ！　当てはあったのよ本当に！　ちゃんと予約だってしたの！　でも店に行ったら『コックの髪型が決まらなかったため本日休業します』って張り紙がさぁ！」

「ええ、ええ、『気まぐれ匙《さじ》』はコックの調子にむらがあることで有名ですものね。けど諦めきれない気持ちは分かりますわよ。あそこの肉料理といったらそれはもう絶品で――」

「そうなの～！　フェイに食べさせたかったよぉ～！　絶対気に入るのにぃ～！」

ぐびぐびとワインを飲みながらステイシーが愚痴をこぼす。オリバーたちより一足先にこの地に辿《たど》り着《つ》いていた彼女らだが、目当てだった店に弾《はじ》かれたことで意気消沈していたのだった。

次々とグラスを干していくステイシーを横目に、ガイが従者の少年へ話しかける。

「……おい、オードブルでもう出来上がってんぞ。大丈夫かお前のご主人」

「むしろ助かるぜ……。店が閉まっているのを見た瞬間から気落ちがすごくてな。お前たちが来なければどう励ましたものか途方に暮れてた」

「よっぽどオマエに食べさせたかったんだな。……代わりにはならないかもだが、ここもシェ

ラのお勧めだ。せいぜい楽しんでいけばいい」

素っ気ない口調ながらピートが労をねぎらう。それに頷《うなず》き、自分のオードブルを口に運んだフェイがため息をついた。

「美味《うま》いよ、驚くほど。……実を言うと、俺自身は大英魔法国《イエルグランド》を出るのはこれが初めてだ。スーのほうには家族で旅行に行く機会もあったんだが、俺を連れて行かないとなるとあいつも意地でも家を動かなくてな。『気まぐれ匙《さじ》』はそれ以前に訪れた数少ない店なんだろうが……」

「だからこそ君にも食べさせたかった。……君は愛されているな、フェイ」

ステイシーの心境を慮《おもんぱか》ってオリバーが微笑《ほほえ》む。フェイがその目をじっと見返した。

「フォローに付き合ってもらってる立場だが、さすがにお前にも水を向けるぞオリバー。……どう収拾を付ける気だ、その顔ぶれで旅行なんかして。久しぶりの娑婆《しゃば》ってのはお前が想像する以上に箍《たが》が外れるもんだぞ」

「い、いや、そんなことはない。各自が節度をもって過ごせば何の問題も――」

反論しかけたフェイの頭が横合いから抱き締められる。驚くオリバーたちの前で、すでに酔っぱらって顔を赤くしたステイシーが半泣きで彼に抱き着いていた。

「ごめんねぇ～フェイ～～～！　次は絶対連れてくるから～～～！　店の扉ふっ飛ばしてでも開けさせるから～～～！」

「ああ、分かってる。分かってるよ、スー……」

「ごめんねぇ～！　んんん～～好きぃ～～～！　フェイ好きぃ～～～！」
繰り返しそう言い、従者の頬にさんざんキスをしてからシェラに手を引かれて席に戻ってい
く。両手で顔を覆ったフェイと酒盛りに戻ったステイシーの姿を見比べて、ガイがあんぐりと
口を開けた。
「……酔うと素直になるタイプだったんだな、あいつ。新鮮だぜ……」
「……伝わったかよ？　オリバー……」
「……痛いほどに……」
オリバーの顔が引きつる。キンバリーでは絶対に見せないだろうステイシーの姿が三年ぶり
の校外旅行の特別さを語っていた。まるきり他人事《ひとごと》ではない。条件は自分たちもまったく同じ
なのだから。
一方、ステイシーとフェイの様子を窺《うかが》いつつ静かにワインを飲み進めていたカティが、そこ
で前触れもなく大粒の涙をぼろりと零《こぼ》した。
「……ええええ……」
「ぬぉっ⁉　カティ、何故《なぜ》この頃合いで号泣を⁉」
「話したいけど話せない～～～！　ナナオには特にぃ～～～！」
「そのような寂しいことを！　そら、拙者の腕の中で余さず打ち明けられよ！」
「抱き締めちゃだめぇ～！　あぁ～～、また匂いするぅ～～！」

友人の腕に包まれたカティが泣きながら悲鳴を上げ、それを宥《なだ》めようとナナオはますます抱擁を強くする。その惨状を眺めていたピートがぽつりと口を開いた。

「――分かるかMs《ミズ》．カルステ。順調に箍《たが》が外れてってる」

「非常に興味深いです」

「面白いだろ。けど――ここまで来たら、自分で突っ込んでみるのもひとつの手だ」

そう言い置いたピートが自分のグラスのワインを一気に呷《あお》る。カティを落ち着かせようと頭をひねっていたガイが目を見開いた。

「あっ⁉　ピート、てめぇ――」

「ガイ、後は任せた」

その一言を境にピートの目が据わる。グラスにお代わりのワインを手酌で注いで立ち上がり、彼はシェラと会話しているステイシーのほうへと歩み寄った。

「――で？　ステイシー、フェイ。さんざんイチャついてくれたけど、どこまでやることやってるんだオマエらは。洗いざらい聴かせろ参考に」

「ピートっ⁉」

突然の暴言にオリバーが度肝を抜かれ、ステイシーの両目に涙がぶわっと浮かぶ。

「しないもん～～～！　どうせフェイ何もしないもん～～～！　私が一晩抱き枕にしたって頭撫《な》でてくるだけだもん～～～！」

「スー！　水だ！　水を飲め！」

フェイが慌ててグラスに水を注ぐ。返答を聞いたピートが繰り返し頷《うなず》く。

「よく分かるぞ。ボクも一晩同じベッドで過ごしながら体を撫《な》で回《まわ》してくる相手にはまったく同じ感想を抱く」

そう言うなり振り返り、テーブルでいちばん大きなジョッキにワインをなみなみと注いでいく。彼の異様な雰囲気に気圧《けお》されながらオリバーが問いかけた。

「……ピート？　そ、そんなに酒を注いで何を——」

「呑《の》めよ、オリバー」

みなまで言わせず、酒で一杯になったジョッキをピートが差し出す。それを鼻先に突き付けられたオリバーが思わず仰《の》け反《ぞ》った。

「いや、ピート……」

「オマエには呑《の》む義務がある。そう思わないか？」

目をまっすぐ見据えて尋ねる。有無を言わさぬ口調であり、止められる者もまたいなかった。しばしの躊躇《ためら》いを経てオリバーがやむなくジョッキを受け取り、ひとつ息を吐いてから、その中身を一気に飲み干す。

「……うっぷ……」

「いい子だオリバー。安心しろ、酔い潰れてもボクがちゃんと介抱してやる。オマエに習った

ヒーリングで朝までじっくりたっぷり全身撫《な》で回《まわ》してやるからな」

オリバーの肩に手を回しながらピートがねちっこく言う。それを聞いたシェラが席を立って手を挙げた。

「そんな楽しい遊びには断固参加しますわ！　それではピートが下半身、あたくしが上半身を担当しましてーー」

「おまえもすっかり出来上がってんのかシェラァ！　どうすんだこれ、もう後が想像付くぞ！　この調子でへべれけが増え続けて末はマルコに担《かつ》がれて全員宿に直行だろ！」

ガイの言葉に、オリバーもまたまったく同様の予感を抱いた。ーー旅先の酒席で羽目を外している上、それを呼び水に各々《おのおの》の胸に抱えた鬱憤が解き放たれつつあり、極め付けには仲裁役に回るはずのシェラが逆に油を注ぐ状況。この飲みは、荒れる。すでに半数以上が酒に頭をやられ、辛《かろ》うじて正気でいるのは自分とガイ、それに酒に手を付けていないテレサとマルコだけだ。

「ウ、任せロ、ガイ。おレ酒飲マないイ」

「頼れるのはおまえだけだよもう！　クソ、おれもいつまで呑《の》まずにいられんだこれ！　なんもかも忘れて浴びるようにビール空けてぇ！」

ガイが頭を掻《か》き毟《むし》って叫ぶ。そこにナナオの腕から逃れたカティがよろよろとやって来る。

「ガイ〜〜、助けてぇ〜〜。匂いが〜、オリバーの匂いが〜〜」

「原因の代表が来やがった！　はいはい膝に座れよおまえの指定席だよ！」

「あぅ〜〜〜。ガイの匂い〜〜落ち着く〜〜〜」

「おいグリーンウッド！　そうやって甘やかすとお前も後で痛い目をだな！」

「開き直って説教のターン入ってんじゃねぇぞ狼男《おおかみ》！　他人にどうこう言う前におまえはまず据え膳に手ェ付けるところから始めたらどーだよぁ⁉」

売り言葉に買い言葉でガイが受けて立ち、その両者のグラスへ当然のようにピートがワインを注ぐ。酒気を交えた言葉が延々と飛び交う目の前の光景を前に、自分のジュースをちびちびと口に含んでいたテレサが呟《つぶや》く。

「……人間はなぜこうも愚かなんでしょう」

「ウ。オれモそウ思う」

隣のマルコが特大のジョッキを傾けながら相槌《あいづち》を打つ。その間にもオリバーが必死で事態の収拾に当たるが、彼の努力を嘲笑《あざわら》うように宴《うたげ》は賑《にぎ》やかさを増していく。

テンションの衰えを知らないまま呑《の》みに呑《の》み続けること五時間。閉店と同時に半ば追い出されるようにして店を後にした十人は、酒で愉快になった頭のまま夜の港町を練り歩いていた。

「楽しい夜ですわぁ〜〜〜！　さぁみんな〜次はどこで飲み直しましょうか〜〜〜！」

「拙者は高いところが希望にござる！　あの屋根の上など如何《いかが》か！」

「宿だ！　呑《の》むなとは言わない、続きはせめて宿で！」

理性を固守したオリバーが断固主張する。このまま別の店へ雪崩れ込めばとんでもない恥を晒《さら》す未来は想像に難《かた》くないが、ホテルの地下室まで戻れれば最低限のプライバシーは確保される。もはやそういう形で封印する以外にどうしようもなかった。

眩暈《めまい》を堪えながら必死の思いで酔った仲間たちを引率する彼の姿に、テレサがそっと寄り添って語りかける。

「……大丈夫ですか？　先輩」

「……正直、今すぐ地面に倒れて寝てしまいたいッ……！　だがこれはもう意地だッ……！」

歯を食いしばってオリバーが呻《うめ》き、テレサが静かに頷《うなず》く。彼女にはもうひとつ理解が及ばないが、ここは主君にとって踏ん張りどころのようだった。


ホテルに辿《たど》り着《つ》いてからも宴《うたげ》は続いた。メッセージを添えて使い魔を飛ばせばいくらでも運ばれてくる追加の酒を燃料に、彼らは時間を忘れて騒ぎ続けた。

「――あはははははっ！　何それ、何その手！　敵陣の真ん中でそんなのってある⁉」

「ナメんなこれがグリーンウッド秘伝の奥矢倉だ！　バージョン15では猛威を振るって大会で

も成績残してんだぞ！」

「えぇえ〜〜？　そんなものとっくに研究し尽くされていますわよ〜〜〜。ここをこうしてこうしてこうで〜〜後はあっという間に総崩れに〜〜〜」

「盤外からの助言は禁止だっつってんだろシェラ！　次やったらハグで黙らせんぞコラ！」

「あら素敵！　そんなのあたくしに得しかありませんわ〜！」

余興に始まった魔法チェスを巡って喧々囂々《けんけんごうごう》の議論が飛び交う。が、それに熱中したガイが膝の上のカティへの対処をおざなりにすると、彼女はすぐにぐずって喚《わめ》き始める。

「うぇぇぇぇ〜〜〜！　ガイがわたしを見捨てる〜〜〜！」

「見捨てねぇってのに！　このガタイ見ろふたりぐらい同時に抱けるわ！」

「でも竿《さお》は二本ないんでしょ〜？　ぷぷ……くすくす……あははははは っ！」

「見ろ、自分で言った下ネタに笑い転げる主人の姿だ。オマエどう思う？」

「耳を持って生まれてきたことを後悔するレベルだ。頼む、もう一杯注いでくれ」

「はて？　何故《なぜ》そこで竿《さお》の話が？」

酔いが深まるにつれてひどいジョークを頻繁に飛ばすようになったステイシーの姿にピートとフェイが囁《ささや》き合い、意味を理解しかねたナナオがきょとんと首をかしげる。マルコの膝の上に避難して酔いを醒《さ》ましていたオリバーが、その光景を眺めながら肩の上のテレサに呟《つぶや》いた。

「……酒は呑《の》んでも呑《の》まれるな。この状況で君に言えることは、それが全てだ」

「呑《の》まれている側は至って楽しそうですが」

「否定は出来ない。それが酒の恐ろしいところだ」

額を抱えてオリバーが言う。そこでマルコの膝元にシェラがにじり寄ってきた。

「オリバー〜〜〜。いつまでも高みの見物はいけませんわよ〜〜〜」

「ぐ……いいだろう、付き合おう。魔法チェスは苦手だがそれなりに心得はある……」

「あら素敵〜〜〜。では〜〜〜負けたほうに何か〜〜〜罰ゲームというのは〜〜〜？」

「よし、キスだ。負けたほうに勝ったほうがキスしろ」

「ピート⁉　君はまだそのノリか⁉」

「フェイにキス⁉　した奴《やつ》ブッ殺す〜〜〜！」

「落ち着け、スー！　杖《つえ》を仕舞え！　俺たちは巻き込まれていない！」

勢いで杖《つえ》を抜きかけるステイシーをフェイが羽交い絞めにして止める。酔っ払い共が囃《はや》し立《た》てる中でシェラと盤を挟み、そうしてオリバーは負けられない戦いへと身を投じた。

オリバーの粘りによって対局は長丁場になった。回らない頭に活を入れてシェラの攻め手を必死に凌《しの》ぎながら、彼は苦悶《くもん》の表情を浮かべて盤面を睨《にら》みつけた。

「……ぐ……！　……これで本当に酔ってるのか、シェラ……！」

「酔ってますわよ〜〜〜？　けど〜〜〜魔法チェスはもとより〜〜〜論理のゲームではありませんもの〜〜〜。あなたの打ち筋は〜〜〜いささか真面目過ぎるのですわ〜〜〜」

「耳が痛い……！　だが、負けられない……！」

彼女の直感が紡《つむ》ぐ一手にオリバーが必死の思考で喰《く》らい付く。と、そこでシェラがふと周りの静けさに気が付いた。ふと見回せば対局を囃《はや》し立《た》てていた仲間たちは誰もが床で眠りこけ、外野のテレサとマルコまでもが仲良く舟を漕《こ》いでいる。すでに午前四時を回った時間帯とあっては無理もないことだった。

「あら……？　……いつの間にか、みんな寝てしまって……寂しいですわね……」

「もうじき夜明けだ、無理もない。……まったく、俺だって予定外だぞ。初日の夜で君がここまで羽目を外すとは」

熟慮の末にオリバーが一手を指し、その口元に微笑《ほほえ》みを浮かべる。

「……だが、ちゃんと楽しそうで良かった。……決闘リーグでの一件から、ずっと無理をしていたように見えたから」

ふいに放たれたその言葉にシェラの息が詰まる。——父のセオドールに頬を張られた件について、あれから気にしている素振りを見せたつもりはない。他に印象的な出来事も多く重なったことで仲間たちの印象も薄れたと思っていた。だが、彼はずっと気にかけていてくれた。意識を払うべき問題は他にいくらでもあったろうに。

「……そんなことは、ありませんのよ。きちんと弁《わきま》えています。父に罰された理由も、自分の未熟も。それをいつまでも引きずったりなんて……」

「みんなの前ではそれでいい。でも……俺の前でくらいは、素直に愚痴を漏らせばいい。肉親に厳しく当たられるのは、いくつになっても辛《つら》いものだろう。似たような経験は……俺にも、ある」

シャーウッドの家で父と重ねた日々を思い出しながらオリバーが言う。形や経緯は異なれど、それはふたりの魔法使いが抱える同質の闇だ。彼の理解と共感がシェラにも伝わり、それがどうしようもなく彼女を嬉《うれ》しく、そして切なくさせる。それは言うなれば、同じ泥沼に浸《つ》かった相手を見つけてしまった時の安堵《あんど》に等しいものだから。

思考がそちらに逸《そ》れたことが盤面にも影響した。彼女が半ば反射的に動かしてしまった駒に、オリバーが微笑《ほほえ》む。

「……やっと甘い手を打ったな。これで逆転だ、シェラ」

「あ——」

隙を見逃さなかったオリバーの応じ手で戦況がひっくり返る。再度の逆転は難しくなった盤面をシェラが理解した頃合いでオリバーが静かに頷《うなず》き、

「締めには頃合いだ。……旅はまだ先が長い。君も寝ろ、シェラ」

相手にそう促す。空になった酒瓶を横目に、シェラがぽつりと口を開く。

「……胸にごみが付いていますわよ、オリバー」

「ん？　そうか？」

「ええ。動かないで」

そう言いながら盤を挟んで身を乗り出す。何ひとつ警戒していない少年の肩を摑《つか》み、逆の手を胸に伸ばして――そのさらに上のうなじへと回す。

「――――！」

相手が意図に気付く前に体を引き寄せ、唇を重ねた。時が止まる。甘いシェリーの香りが鼻《び》腔《こう》を掠《かす》め、触れ合う唇の柔らかな感触にオリバーが呆然《ぼうぜん》としているうちに、シェラの体がすっと遠ざかる。

「……酔いが過ぎてのこと。どうか、そう思ってくださいませ」

釈明《いいわけ》にそう呟《つぶや》いて身をひるがえし、先に眠りこけていたカティの体をガイとは逆側から抱き締めるようにして床に横たわる。何も言えずにその光景を眺めていたオリバーが口を開く。

「……ずるいぞ、シェラ……」

最後にとんでもない不意打ちを受けた。そう思いながら、彼もまた意識を手放した。

眠りに落ちていられる時間も長くはなかった。昼前に目を覚ますと同時にオリバーは他の

面々を叩《たた》き起《お》こし、ステイシーとフェイの主従を部屋に送り帰した上で自分たちの荷物をまとめ、仲間たちの背中を叩《たた》きながらホテルを後にした。港へと向かう道すがら、ガイとカティが死んだ魚の目で呻《うめ》きを漏らす。

「……頭、イテェ……」「……体重い……」

「ああ、そうだろうとも」

今ばかりは同情せずオリバーが頷《うなず》く。自分で歩けているふたりはまだいいほうで、ピートに至っては今もマルコに担《かつ》がれていた。シェラですら不調を引きずって口数が少ない。旅行二日目の出だしとしては甚だ不安な状況であり、だからこそ、あえてオリバーは厳しくいった。

「普通人なら死んでもおかしくない量を空けた。本音を言えば俺も丸一日ほど寝込みたい。だが——船の予約がある。乗船までは這《は》ってでも歩くぞ」

「左様！」

言葉に応じて先頭に飛び出したナナオが揚々と足を進める。オリバーは呆《あき》れた。他の面々に負けじと呑《の》んでいたくせに、彼女だけは目覚めた瞬間から元気いっぱいなのだ。

「ケロッとしているのが憎らしいな。酒は残っていないのか？」

「露ほども。世界が回るあの感じは新しくござったな」

「無自覚の酒豪か。……まったく、そんなところまで母さんに似て——」

気の緩みから口を突いて出た言葉に一瞬遅れてオリバーがハッと気付く。慌てて顔をそむけ

た少年に、ナナオが目を丸くして身を寄せる。

「オリバー？　……今、何と？」

「……何でもない」

「初耳にござる。拙者、貴殿の御母堂に似てござるか？」

「何でもないッ」

どうにか話を流そうとするオリバーにナナオが食い下がる。と、そこでマルコに担《かつ》がれていたピートが口を開いた。

「……下ろせ。もう歩ける」

「わたしも、そろそろ大丈夫……」「おれもだ。あー、辛《つら》かったぜ」

「さすがに皆魔法使いですわね。酒量が過ぎた程度では不調も長引きませんか」

ピートが地面に立つと共にカティとガイも声を上げ、同様に調子を取り戻したシェラが微笑《ほほえ》みを浮かべた。オリバーも安堵《あんど》を顔に浮かべるが、そこでカティが頭を押さえながら呟《つぶや》く。

「記憶が所々曖昧なんだけど……わたし、ヘンなこと言わなかった……？」

「心配しなくても、途中からは全員変なことしか言ってねぇよ。おまえも大概だったけど他に比べりゃまだマシだ。なぁピート？」

そう言ってガイが話を振ると、ピートはフンと鼻を鳴らして足を速める。羽目を外し過ぎた自覚はあるが、彼の場合は積極的にそれをやったので悔いるところは特にない。それを示すよ

うな態度に苦笑しながら、ガイがふとホテルの方向に視線を戻した。

「心配なのはむしろあの主従のほうだぜ。ウィロックはまだしも、コーンウォリスの記憶が飛んでることを願うね……」

「……同感だ」

共感を込めてオリバーが呟《つぶや》く。失言というなら、最初から最後までそれを垂れ流し続けていたのが彼女だったから。時を同じくして本人たちの部屋では未曽有の修羅場が展開していたのだが、それはもはや彼らには知る由《よし》もない。


到着時と同じ港から時間ギリギリで客船に乗り直すと、八人はデッキで風を浴びながら安堵《あんど》の息をついた。

「……あー、船旅にして良かったぁ。箒《ほうき》はまだちょっと乗りたくない……」

「風景も変わって飽きませんわね。蘭国《ランシール》の小麦畑は何度見ても綺麗《きれい》なものですわ」

流れていく景色を楽しみながらシェラが言う。と、そこでテレサが声を上げた。

「マルコ。あちらを見に行きましょう」

「ン」

彼女が肩に腰かけているマルコと共に船の散策へ向かう。大小の背中を見送りながらガイが

腕を組む。

「……なんか仲良くなってんな、あのふたり。寡黙同士で気が合うのかね？」

「昨夜を通じて終始素面《しらふ》だったふたりだ。自然と気心も知れたんだろう」

オリバーが微笑《ほほえ》んで言う。いい傾向だと彼は思った。校内とは異なる環境、異なる関係性に身を置くことは少女にとって大きな意味がある。それがそのまま彼女を連れて来た理由と言って差し支えない。

だが一方で、大柄な亜人種と少女の組み合わせは否応《いやおう》なく周囲の興味を引いていた。それを意識したオリバーが懸念《けねん》を口にする。

「ただ――マルコについては、少し気遣いが必要だな。船が大きくなって貸し切りでなくなった分、ここでは人目に触れている」

「威圧感を減らすために正装してもらいましたが、それが逆に好奇の目で見られていますわね。……いっそあたくしたちも杖《つえ》を帯びて牽制《けんせい》しましょうか？」

「それは……出来れば最後の手段にしたいかな。マルコを『使い魔』として見て欲しくないっていう、ただのわたしの我儘《わがまま》なんだけど……」

ぽつりと呟《つぶや》くカティ。無論、彼女自身もそれが儚《はかな》い望みであることは分かっている。魔法使いの存在を明示しなくとも、この場でトロールを見た時点で人々の多くはそれを使い魔――もっと言えば奴隷と見なすだろうし、正装させたところで主人の変わった趣味と思われるに過ぎ

ないだろう。

だが、それを無意味だとはオリバーもシェラも思わない。カティの想《おも》いが、少なくともマルコ本人には伝わっていると信じられるから。


同じ頃。マルコの肩に乗って船上を見て回っていたテレサは、自分でも意外なほどにそれを楽しんでいた。見晴らしのいい視界の半ばを埋める水面と、奇異の視線で自分たちを見上げながら眼下を通り過ぎていく人々。最初は落ち着かなかったが、慣れてくると妙に清々《すがすが》しい。

「――あなたの肩にいると見晴らしがいいですね、マルコ」

「ウ、そウか。テレサ、普段見にクいカ」

ひそめた声でマルコが応える。人語を話せることはキンバリーの外では公に出来ないので、人前でのコミュニケーションはこうした形で訓練してあった。テレサが肩に乗っているのは内緒話がしやすいという利点もある。

「見にくいと言えば見にくいです。潜んで覗《のぞ》くのが当たり前なので。ですから、こういう視点もあるというのが新鮮です」

テレサの感想にマルコが目を細める。これまで見て来た世間の狭さという意味では、奇《く》しくもふたりとも似たようなものだ。

「おレも、思ワなカッタ。人ノ世界をコんナ風に見ルなんて。森ニいタ頃も、キンバリーに連レて来ラれテかラも」

「……良《い》いことですか？　それは」

「分カらナい。でモ、今は悪イ気分じゃナい」

共通する感慨に頷《うなず》き合い、ふたりは新たな世界の散策を続けていく。が、そこに棘《とげ》のある声が挟まった。

「——あぁ？　なんだこりゃ。なんで甲板にトロールがいんだよ」

声の方向にテレサとマルコが顔を向ける。不機嫌も露《あら》わに腕を組んだひとりの男がそこにいた。上等の生地のジャケットにつけ光沢のある革靴につけ身なりは整っているのだが、洒落《しゃれ》っ気《け》よりは舐《な》められまいとする本人の意地を感じさせる。

「おいこら、デカいの。通行の邪魔なんだよ。お前の居場所はもっと下だろうが」

「ウ、下？」

「通行できるスペースは空けています。客観的に見て邪魔になってはいないと思いますが、もしかして目が悪いのですか？」

テレサが淡々と指摘する。サングラスを外した男がその顔をぎろりと睨《にら》んだ。

「高ぇところにいるからって調子こいてんじゃねぇぞ嬢ちゃん、こちとら商会のカンバン背負って歩いてんだ。おれが紳士的なうちにウスノロの友達によく言い聞かせな。ここはお前がい

る場所じゃねぇって」

「よく分かりませんね。面倒だから黙らせましょうか」

「ウ、テレサ、イい」

キンバリーの感覚で対処しようとしたテレサを小声で諫《いさ》め、マルコは粛々と通路を引き返し始めた。その背後で男が鼻を鳴らす。

「なんだ、聞き分けはあるじゃねぇか。最初からそうしろよまったく」

マルコは何も言わない。それでむしろテレサの胸に苛立《いらだ》ちが湧く。今からでも戻って呪文のひとつも撃ち込んでやりたいが、蔑まれた本人の静かな横顔が目に入ると、そうした短絡も躊躇《ためら》われる。

今の自分よりもずっと深いことを考えているのかもしれない。この大きな友人に対して、テレサはそう感じていた。

「あ、ふたりとも。戻ってきたの?」

元の場所に戻って来たふたりをカティが笑顔で出迎える。先の男とのやり取りを思い出しながら、そこでマルコが口を開いた。

「カティ。下、気になる。行っていいか」

カティたちの表情がわずかに硬くなる。そこでテレサは先ほどの男の発言を思い出した。あれはマルコに向かって言っていた——お前の居場所はもっと下だ、と。男に蔑まれたことより、

同族の存在を匂わせるその内容が、マルコはずっと気になっていたのかもしれない。

「うん、行こ。……わたしも見せるつもりだったから」

意を決したようにカティが頷《うなず》き、率先してデッキを歩き出す。他の面々もその背中に続いた。


広い船内を五層まで下る。果たして、賑《にぎ》やかな船の上には表れない事実がそこにあった。

「……これは……」

薄暗いスペースの壁際《かべぎわ》に何人ものトロールたちが縦一列で座らされている。それぞれの手元にはトロールの体格に合わせた大きなオールがあり、それらは壁面の小さな穴に差し込むことによって船外の水面に届く。普通人が使う昔ながらのガレー船と同じ仕組みだ。

「……トロールの漕ぎ手だな。今は出番がないが、寄港する場所によっては支流に出てから船を漕《こ》ぐ必要がある。その時のための労働力として乗せてあるんだろう」

オリバーが説明する。魔法使いが直《じか》で操る船であれば風の精霊によっても動かせるが、この水路に浮かぶ船の多くはそうではない。港の船溜《ふなだ》まりに着いた時点で自力の運航が求められるため、そこでは漕《こ》ぎ手として腕力に長《た》けたトロールが用いられる。もちろん荷物の積み下ろしを始めとした様々な肉体労働とセットでの話だ。

「……扱いがいいとは、お世辞にも言えねぇな。窓がない上に天井も低い。立ったら頭ぶつけ

ちまうだろこれ」

「まだマシなほうだ。便所すらなく垂れ流しのパターンもあると聞く」

周りの湿っぽさとカビ臭さにガイが顔をしかめ、ピートが淡々と補足する。同じ光景を無言で眺めるマルコに、カティがそっと寄り添って立った。

「嫌な気分にさせてごめんね、マルコ。……でも、これもあなたに見せたかったものなの。魔法産業革命は確かにわたしたちの暮らしを変えた。普通人も含めて暮らしを大きく豊かにした。けど――それは間違いなく、亜人種《あなたたち》からの搾取《さくしゅ》によって成り立っている」

残酷な現実を告げる言葉にオリバーが内心で頷《うなず》く。――それは否定しようのない魔法文明の一側面。かつては限られた魔法使いにのみ使役されていたゴブリンやオークが、今は種族の単位で人間に奉仕することを強いられている。

「これが現実。あなたたち『人権のない』亜人種が置かれている現在の立場。これを見て、何を感じて、どう思うか――この旅を通して、わたしはあなたにそれを考えて欲しかった」

意図をそう明かした上で、カティがこぶしを握り締めて立ち尽くす。

「ひとつ言えるのは、今の時点では何もしてあげられないっていうこと。……ごめんね。いいんだよ、怒っても」

「……怒ラなイ。カティ、悪クなイ」

マルコがかぶりを振って答える。オリバーたちも無言でその様子を見守っていたが――ふと、

そこで上階から悲鳴が重なって響いた。

「──？　なんだ、今の声」

「上で何かあったようだ。様子を見に行こう」

互いに頷《うなず》き合い、八人は階段を戻ってデッキへと向かった。


先ほどまでの和やかさとは打って変わって、船上には緊迫感が漂っていた。

「──オラァ、さっさと両手上げて伏せろ！　変な動きした奴《やつ》は片っ端から放り出すぞ！」

刃をぎらりと振りかざした覆面の男たちが怒鳴り声を上げ、威圧された乗客たちが怯《おび》えながらへたり込む。楽しい船旅の雰囲気は消えて失《う》せ、船上はにわかに暴力と恐怖が支配する場と成り果てていた。

「この船の積み荷は俺らで預かる！　てめぇらも売っぱらいたいところだが人間は売買のツテがねぇ！　どういうことか分かるか？　金目のものを取っちまえば残りは金にならねぇお荷物以下のゴミってことだ！　立場が分かったら手を煩わせんな！　邪魔なゴミは川に放る、当然だよなァ⁉」

デッキの手すりを刃の峰でガンガンと叩《たた》きながら賊のひとりが叫ぶ。突然の事態に縮こまる乗客たちの中から、ひとりの男が泡を食った顔で歩み出た。ついさっきマルコとテレサに絡《から》ん

だあの男だ。

「お、おい、待ってくれ。おれはここ一帯の商売を取り仕切ってるバルビエ商会のモンだ。懇意にしてる魔法使いだってごまんといる。あんたら、こんな真似《まね》してただで済むと――」

権威を持ち出して説得を試みる男。が、賊のひとりが詰め寄ってその頬を殴り付ける。

「その魔法使いってのはここにいんのか？　――ゴミは放るっつったんだ。またナメた口利《き》いたら次はねぇぞ」

「……ぐ……」

刃の切っ先を突き付けられ、男が膝を折って両手を上げる。それでますます他の乗客も委縮し、賊たちは我が物顔にデッキを制圧していく。


その光景を、船の上空に飛ばしたピートの偵察ゴーレム越しに、船内のオリバーたちもまた眺めていた。

「……何かと思えば、シップジャック？　よりにもよってこの船で？」

ピートと杖《つえ》を重ねて視界を共有していたシェラが呆《あき》れた顔になり、隣のオリバーが腕を組んで唸《うな》る。彼らの足元には今しがた呪文で気絶させた賊たちが数人転がっていた。デッキを目指す途中でばったり出くわし、襲い掛かってきたところを返り討ちにしたのだ。

「この手の船は賊に狙われやすいとは聞くが……。このタイミングで居合わせたのは不運としか言いようがないな。あるいは向こうにとっての、だが」

「船の運航側に魔法使いはいねぇって話だよな。……もしかしなくてもおれたちの仕事か？　これ」

状況を振り返ったガイがその考えに至り、オリバーがゴーレムの視界を改めて確認する。

――賊たちは乗客に紛れて乗り込んでいたようで、護衛を兼ねた乗組員たちは初動で制圧されている。他の戦力といえばトロールだが、彼らはデッキに上がることを固く禁じられている上、本当に呼んで暴れさせれば船そのものが沈みかねない。となると船上を自由に歩き回るマルコの存在が賊にとっては予想外だったはずで、彼が船内に入った今のタイミングを狙って事を起こしたと想像出来る。先ほど気絶させた賊たちもマルコの抑えに回された人員なのかもしれない。周りの子供を人質に取れば容易《たやす》く無力化出来るとでも楽観したのだろう。

「……艦橋の人員も甲板に集めてござるな。賊の総数はそれほど多くなく、いま表に出ている者どもでほぼ全てにござろう」

「ああ。船を岸壁に寄せた上で、奪った物品は陸の回収役に運ばせる段取りと見える」

ナナオの観察に頷《うなず》き、計画の全容を推測しつつオリバーが言う。賊の存在は循環水路の運営における長年の悩みのタネで、連合《ユニオン》全体に行き渡る水路の広さ故に対策もまた行き届かない。富裕層が乗る船であれば護衛の魔法使いや使い魔も豊富に配備してあるのだが、自分自身が魔

法使いであるオリバーたちは船にそこまでのグレードを求めず、その判断が裏目に出た結果とも言える。

「制圧は容易だろう。みんな、デッキへ飛び出すと同時に展開して――」

「ま、待って！　まだ穏便に済ませられるかも！　わたし説得してみる！」

カティの主張に他の面々が顔を見合わせる。多少の思案を経て最終的にオリバーが頷《うなず》いた。成算は正直薄いが、仮に失敗したところでどうとでもフォローは利く。

階段の手前でマルコを待機させ、カティを先頭にした七人がデッキへ登っていく。すぐにその姿へ目を付けた賊のひとりが声を上げる。

「――おい、そこのガキども！　何勝手に歩いてやがる！　状況見えねぇのか！」

ぶんぶんと刃を振り回して怒鳴り付ける。そちらに向き直ってカティが口を開いた。

「あー、えっと、海賊さん？　……でいいのかな？」

「どうだろうな。ここは海じゃなくて人工河川だし」

「さすがに今はそこが問題ではないと思いますわ」

場違いな疑問にシェラが突っ込みを入れる。少しも物怖《ものお》じしないその様子に業を煮やした賊が、さらに語気を荒らげて彼らへ詰め寄る。

「何ブツブツ話してやがんだ！　てめぇらもさっさと両手上げて床に伏せやがれ！」

「そうじゃなくてですね。わたしたち実は――」

「聞こえねぇのかッ！」

カティが懐《ふところ》の杖《つえ》に手を忍ばせた瞬間、賊のこぶしがその頬を殴り付けた。同時にぐきりと嫌な音が鳴る。——殴られたカティのほうではなく、それをした賊の手首から。

「ツッ——!?」

手首を押さえて後ずさる賊。その姿にぽかんとしつつ頬に手を当てて、カティは呟《つぶや》く。

「……え？　今、殴ったの？　撫《な》でたんじゃなくて？」

予想外の反応に賊がぎょっと目を剝《む》く。——カティからすれば、やったのは至極当たり前のことだ。重心制御で直立状態の安定性を高めつつ、顎から首にかけての魔力循環を意識して殴《おう》打《だ》の衝撃に備えた。ほとんど反射的な動作であり、攻撃はおろか防御と呼ぶのも烏滸《おこ》がましい。が、彼女を外見で侮《あなど》った普通人の賊の手首を挫《くじ》くには、ただそれだけでじゅうぶんだった。

オリバーがため息をついて懐《ふところ》に手を忍ばせる。自分たちに緊張感が湧かない理由が実感出来た。——本能で判断しているのだ。目の前の生き物は、どう足掻《あが》いても自分たちの脅威足り得ないと。

「もういい、カティ。……潮時だ」

「「「「芯まで痺れよ《インペディエンドム》」」」」

その声を追って響き渡る呪文。同時に、周囲にいた賊の仲間たちが一斉に倒れ伏す。

「——は？」

ふと気付けば、カティを殴った賊の前から七人の姿はすでに消えている。普通人の目では追い切れない速度で船上を走りながら、オリバーたちは目に付く敵を次々と昏倒《こんとう》させていく。

「え……え？」「……嘘《うそ》だろ。なんで魔法使いが――」

「ひ――人質だ！　誰でもいい、適当に――」

状況を認識した賊たちが慌てて乗客を盾に取ろうと動く。が、その眼前にガイとピート、ナナオが杖《つえ》を構えて立ちはだかる。

「真っ先に手を回すに決まってるだろ、そんなの。……何もかも遅いな。やる気あるのか？　オマエら」

ピートが呆《あき》れながら目の前の賊を呪文で無力化する。それで早くも半数が倒れた賊たちへと、船橋に飛び乗ったオリバーが口を開く。

「キンバリー魔法学校四年、オリバー＝ホーンだ。……船の上の賊に告げる」

杖《つえ》を突き出し、努めて冷淡な声で宣告する。残る賊たちが怯《おび》えた目で彼を見上げる。

「そちらが戦いを望むなら止めはしない。だが我々は普段、同じ魔法使いを相手に生死の際で争っている。故に、普通人がどの程度で死ぬかを測る適切な物差しを持たない。交戦を選ぶ場合はそれを承知の上で決断されたい」

頭上から下されるその言葉は余りにも重く響いた。戦意を失った賊たちが次々と刃を手放し、両手を上げてその場にへたり込む。当然の結果だった。彼らが狙ったのは普通人の船であって、

複数の魔法使いと戦う覚悟など持ち合わせてはいない。

「その判断が賢明だ。……指揮官と見えるそこのあなた、選択は？」

武器を手放さずにいる最後のひとり、先ほどカティを殴った賊へとオリバーが目を向ける。数秒の忘我を経て男の全身がわなわなと震え、

「――ふざけんじゃねェッ！」

逆上して床を蹴り、近くに座り込んでいた乗客のひとりを摑《つか》み寄せる。テレサとマルコに絡《から》んだあの男だった。手首の痛みも忘れてその首筋に刃を突きつけながら、賊は震える口を開き、

「……たまるか……あってたまるか、こんなこと！　お、おれはこのヤマで結果出して幹部にのし上がるんだ！　下積みから始めてやっとここまで来たんだ……！」

すでに消え去った将来の展望をそう語る。哀れみを催すその姿へと杖《つえ》を向け、ピートが確認する。

「……撃つか？　オリバー」

「いや。……その必要もない」

オリバーが首を横に振る。――賊は気付いていなかった。目の前の魔法使いたちに気を取られている間に、大きな影が後ろから近付いていることに。がし、と太い指が刃を摑《つか》む。

「――あ――」

「刃物、しマえ。アぶナい」

唸《うな》りと区別できない程度の小声でマルコが囁《ささや》く。思わず凶器と人質を手放して逃れようとした賊を、するりと回り込んだガイが後ろから羽交い絞めにする。

「お──」

「ゴミは川に放るのが当然。さっきそう言ってたよな、おまえさん」

そう言いながら、軽々と持ち上げた賊の体を船の手すりの向こう側へと乗り出させる。ひ、と賊の喉から悲鳴が漏れた。循環水路の急流に落とされた人間がどうなるか──それは彼も良く知っている。だが、体験したことがあるのは「落とす側」だけだ。

「おれは反対だ。ゴミ箱に捨てるか、でなきゃちゃんと持ち帰れ」

じゅうぶんに怯《おび》えさせたところでガイが相手を引き戻し、その体を目の前に放り投げる。それで完全に戦意を失った賊がその場にへたり込み、決着を見届けたオリバーが仲間たちへ告げた。

「制圧完了だ。……ここは俺が見ている。君たちは船内に残党がいないか見て回ってくれ」

「承知！」「直ちに」

指示を受けたナナオとテレサが走り出す。船の上が平常を取り戻すまでに、それからさほどの時間は必要としなかった。

呪文での無力化に重ねて縄で縛られた賊たちが船倉に放り込まれたところで騒ぎは終わり、船は再び予定の航路を辿《たど》り始めた。乗客たちの間には恐怖から解放された安堵《あんど》が広がり、それを成したオリバーたちの存在もあって、デッキは出航以来の賑《にぎ》わいを見せている。

「――マルコ、大丈夫？　ほんとにケガしてない？」

「ウ、平気。おレの手、アれジャ刺サらナい」

「魔法加工もない量産品のナイフですもの。トロールの皮膚に抗《あらが》うには荷が勝ちましたわね」

マルコを心配するカティの隣でシェラが言う。普通人の賊を相手取るのは彼女らにとって初めての経験だったが、キンバリーで同じ魔法使いと戦うのに比べれば余りにも容易な仕事だった。むしろ過剰に殺傷しないことを気遣ったほどである。

「あ――ありがとうございます、魔法使い様……！」

「この御恩は忘れません！　どうお礼を申し上げたら……！」

「お気になさらず。船上におけるアクシデントへの対処は乗船時の契約のうちです。皆さんに大きな怪我《けが》がなくて我々もほっとしています」

お礼に詰めかける乗客たちをオリバーが丁重にあしらう。カティにとっても悪い気分ではなかったが、乗客たちの態度にひとつ不足があることが気にかかった。彼女はぽつりとそれを呟《つぶや》く。

「……マルコにもお礼言えばいいのに。体張ってひとり助けたんだから」

「言ってやるなって。言葉通じることも知らねぇんだから」

隣に立つガイが苦笑する。彼らを含む七人には乗客たちが次々とお礼に来るのだが、同じ場所にいるマルコにはまるで視界に入っていないように誰も近寄らない。恐れていたり怯《おび》えていたりするわけではなく、単に礼を述べる対象として認識していないのだ。

カティが唇を噛《か》む。マルコが言葉を喋《しゃべ》れることを知れば、彼らの態度も少しは変わるのだろうかと思わずにはいられない。そんなカティを横目で見守りながら、ガイは乗客たちへの対応をひとしきり終えたオリバーに話しかける。

「それにしてもよ、さっきの脅し文句は良かったな。準備してたのか？　あれ」

「ん？　ああ、あれは普通人の賊に対して投降を促す際の常套句《じょうとうく》だ。ダメ押しでキンバリーの名前を添えておいた。仮に向こうに魔法使いがいた場合でも、あれなら高い確率で抗戦を諦めるだろう」

オリバーが肩をすくめて受け答える。この面子《めんつ》で旅行する時点で多少のトラブルに巻き込まれることは想定済みなので、今回の事態もその範疇《はんちゅう》だった。乗客たちの様子を眺めた上で、オリバーは視線を横へ向ける。

「そっちの具合はどうだ？　テレサ」

「もう終わりました。打撲の他は口の中を切った程度でしたので」

テレサが杖《つえ》を引いて立ち上がる。その足元に、この出来事で唯一の怪我人《けがにん》がいた。最初に賊

への説得を試みて殴られ、最後には悪足掻《わるあが》きの人質に取られた乗客の男性だ。頬を押さえながら立ち上がった彼がテレサをじっと見つめる。

「……めちゃくちゃ痛かったんだが。わざとか？　嬢ちゃん」

「痛くないように治せ、とは言われませんでしたので」

「……ハハッ。違いねぇ……」

テレサの返答に力なく苦笑して、男はオリバーたちに向き直る。

「……安い命だけなら落っことしてもまぁいいが、この船には値の張る商品も積んでてな。それを守ってくれたあんたらの顔は忘れねぇ。いつか借りは返すぜ、お若い魔法使いさんたち」

「それはどうも。付け加えると、バルビエ商会でしたらマクファーレンとも長く付き合いがあります。今の言葉は父に伝えておきますわ」

「……お得意さんでいらしたか……。ハハッ、こいつは高く付きそうだ」

シェラの言葉にがりがりと頭を掻《か》き、男が大きくため息をつく。

「それと――おい、デケェの！」

「ウ？」

急に声をかけられたマルコがきょとんとして振り向く。男がその顔をじっと見つめる。

「さっき喋《しゃべ》んなかったかお前？　……いや、んなわけねぇな。おれの空耳か」

そう言いながら歩み寄り、男はマルコの太い腕を軽く叩《たた》く。

「助かったよ。……もうウスノロとは呼ばねぇ。回らねぇ頭で無様晒《さら》したのはおれだ。嬢ちゃんにも謝るよ。……悪かったな、友達のこと悪く言って」

最後にそう詫《わ》びると、男は踵《きびす》を返《かえ》してデッキから立ち去った。一連のやり取りを眺めていたオリバーがテレサへ歩み寄る。

「……何かあったのか？　今の男と」

「……まぁ、少し」

マルコを侮辱された出来事を思い返しながら頷《うなず》き、それからテレサは呟《つぶや》く。

「……でも。今ので、胸のつかえが下りました」

そうして迎えた同日の夕方。船室からデッキに出て、ガイとカティは異国の夕日を眺めていた。

周りにも乗客たちはいるが、賊を制圧した一件以来、誰もがカティたちを遠巻きにしている。彼女らが魔法使いと知れたことで敬意と畏怖が生まれ、自然と距離を置かれるようになったのだ。一般的な普通人と魔法使いの距離感に戻っただけとは言え、ガイはその落差に苦笑した。

「……杖《つえ》を隠す必要もなくなっちまったな。ま、これはこれで楽だけどよ。マルコにちょっかいも掛けられねぇし」

「……うん。でも……」

カティが手すりに体をもたれる。その瞳が茜色《あかねいろ》を映して揺れる。

「……欲を言えば、もうちょっとだけ……普通の子たちのふりして、旅したかったかな」

その呟《つぶや》きを耳にしたガイがため息をつき、それから無言で彼女を抱き寄せた。

「……わっ……」

「色々考えすぎだ、おまえは。……おれの匂いだけ嗅いでろ」

「――ッ――」

カティが顔を赤くして硬直し、それからガイの体をぎゅっと抱き締め返す。その光景をデッキの反対側から眺めながら、ピートがぽつりと呟《つぶや》く。

「……カティに対しては、アイツも大概だよな」

「良《い》いではありませんの。胸が温かくなりますわ、あのふたりを見ていると」

シェラが微笑《ほほえ》んで言い、それから周りを見渡す。カティとガイの周辺と同様、彼女らがいる一帯を乗客たちは遠ざけている。見えない壁がそこには歴然とあった。

「……それにしても。キンバリーを一歩出ると、あたくしたちはこうなりますのね。もはや誰も気軽には近寄ってきません。当然の話ではありますが……」

「まぁ、良くも悪くも異物だな。ちょっと前までの一般旅客気取りはもう無理だ」

肩をすくめてピートが言う。遠い夕陽《ゆうひ》を見つめたまま、彼はふっと微笑《ほほえ》む。

「でも、それでいいよ。……オマエらが一緒にいるなら、ボクはそれでいい」

シェラも微笑《ほほえ》んだ。小さな背中に歩み寄ると、彼女は無言でピートを抱きしめた。

第二章

湖水国《ファーンランド》

数日の船旅を経て国境を複数跨《また》ぎ。寄った港での観光を挟みながら、八人の旅行はいよいよ、最初の山場へと差し掛かっていた。

「湖水国《ファーンランド》に入りましたわね。近付いてきましたわよ、カティの故郷が」

船の前方デッキで厚着に装《よそお》いを改めたシェラが白い息を零《こぼ》しながら言う。大英魔法国《イエルグランド》と比べると空気はずっと寒く、沿岸の景色もおおよそ雪に覆われている。湖水国《ファーンランド》の名前通り、水路とは別に大小のいくつもの湖が陽光の下に水面を輝かせていた。胸いっぱいに空気を吸い込んだカティが笑顔になる。

「あぁ――懐《なつ》かしいなぁ、この雰囲気。たった三年なのに、もう何十年も帰ってなかったみたい……」

「分かるぜ。キンバリーでの時間にゃそのくらいの密度はあったよな。ただの帰郷じゃねぇ、こいつは立派な『生還』ってやつだ」

コートを着て隣に立ったガイが友人の気持ちに理解を示す。と、その視界の一角で水柱が上がり大きな翼がはためいた。水路にほど近い湖から飛び立った竜の姿に一行がどよめく。

「む――」「――竜!?」「カティ、アぶナい！」

「あ――そっか。みんな、この国の湖竜を見るのは初めてだもんね」

友人たちの警戒をよそに、カティひとりだけが平然とその光景を眺めている。飛び立った竜はそのまま彼らの頭上を通り過ぎていき、それを見上げた周りの乗客からも歓声が上がる。

「大丈夫だよ。あれはね、人間と生息域が被《かぶ》ってる珍しい竜の一種なの。攻撃性は低くて、地上の生き物を襲うことはほとんどない。むしろ国の側で個体数が減らないように保護してるくらい」

「……そうか。知識はあったんだが、それでもこの光景には驚いた。あそこに見えるのは人里だろう？　これだけ竜と隣り合った場所で人が生活しているとは……」

沿岸の集落を眺めながらオリバーが唸《うな》る。シェラも同じ気持ちで頷《うなず》いた。

「同じ連合《ユニオン》でも大英魔法国《イエルグランド》とは別世界ですわね。地方には亜人種の集落も多いと聞きますし」

「うん、国で認めた自治権に基づいてしっかり線引きされてるよ。他の国だと『ヒト』扱いされない種もここでは尊重されるケースがあるから気を付けて。よそから来た人と揉《も》めること、けっこうあるらしいんだ」

事前の忠告として述べた上で、カティはうん、と改まって頷《うなず》く。

「前置きはこれでおしまい。後はそれぞれ肌で感じて欲しいかな」

「――？　意外だな。せっかく母国に来たんだから、オマエならここぞとばかりに語りまくると思ってたのに」

「それだとわたしの言葉でこの国の印象が固まっちゃうでしょ？　そうじゃなくて――ちゃんと見て、触って、感じて欲しいんだ。わたしの故郷のこと」

素朴な希望をそう伝える。と、カティは思い出したように言葉を付け加えた。

「ひとつだけ添えておくと、御存じの通り国全体が割と田舎です。……街に着いても、蘭国《ランシール》や独国《ダイツア》みたいな賑《にぎ》やかさは期待しないように！」

「はは……」「拙者にはそちらのほうが馴染《なじ》み深くござる」

「だな。寛《くつろ》げそうじゃねぇか、ここは」

鼻の奥に緑と土の匂いを感じながらガイが言う。連合《ユニオン》北方の広大な大地に、そうして彼らは踏み込んでいった。

港に着いて船を降りた一行に、そこですぐさま声が掛かった。

「――カティ！」

名前を呼びながらふたりの男女が駆け寄って来る。その姿を目にしたカティがぱっと笑顔になった。

「パパ、ママ！　迎えに来てくれたの⁉」

出会うなり抱き締め合って再会を喜ぶ三人。微笑《ほほえ》ましい光景を仲間と共に一歩引いて見守り

ながら、ピートが初対面のふたりを観察する。

「――あの人たちがカティの両親か」

「セオドール先生を除くと、仲間内の両親に会うのは初めてか？　感慨深ぇななんか」

「今日からお世話になる方々ですわ、あたくしたちもご挨拶しましょう。……緊張せずとも、うちの父より対応に戸惑うことはないはずです」

シェラの言葉に全員が同意して前へ踏み出す。抱き上げていたカティを地面に下ろしたふたりが彼らに向き直った。まず口を開いたのは、がっしりとした体格に立派な髭《ひげ》を蓄えた壮年の男性だ。

「君たちがカティの友達だね。初めまして、カレルヴォ＝アールトだ。いつも娘が世話になっている」

「キンバリー四年のオリバー＝ホーンです。こちらこそ、カティにはいつも元気付けられています」

「同じくらい心配も掛けられながら、でしょ？」

「ママ！」

「ふふ、冗談よ。……イェンナ＝アールトです。あなたの話は手紙でよく聞いているの。会えて嬉《うれ》しいわ、オリバー君」

名乗った女性が微笑《ほほえ》む。夫とは対照的に細身で、天然の巻き毛や顔立ちにはどことなくカテ

ィの面影がある。そうして全員の自己紹介が済んだところで、カレルヴォが改めて口を開いた。

「快適な船旅を中断させてしまって悪いね。というのも、私たちの住んでいる地域には循環水路が通じていないんだ。こればかりは研究の内容的に仕方がないもので」

「いくつか著書を読んで存じておりますわ。体当たりのフィールドワークがどれも刺激的で、気付くと読《よ》み耽《ふけ》ってしまいました」

「光栄よ、Ms《ミズ》．ミシェーラ。……我が家にマクファーレンの令嬢を招く日が来るなんてね。ふふ、昔を思い出すと少しびくっとしてしまうわ。キンバリーの先生方にはきっと我が家の評判が良くないでしょう？」

「先生方の評判なんざ憶《おぼ》えてねぇすよ。あの人ら大概ぶっ飛んだことしか言わないんで」

ガイが肩をすくめる。それを聞いたカティの父、カレルヴォが笑って彼を見つめた。

「君の人柄も手紙で伝えられた通りだな、ガイ君。グリーンウッドの逞《たくま》しさと大らかさをしっかり受け継いだと見える」

「『美味《うま》い野菜は時代がどう変わろうと美味《うま》い』ってのがウチの信条なもんで。あ、これ土産の疾走《スプリント》ニンジンです。ふたりとも料理上手だって聞いたんで」

「ありがたく頂戴するわ。……ああ、いい色ね。何の料理に使うか悩んでしまいそう」

受け取った包みを開いたカティの母、イェンナが微笑《ほほえ》んでそれを眺める。そこでカレルヴォが両手を打ち鳴らした。

「話は尽きないが、ひとまず移動しよう。マルコ君を乗せられる乗り物を用意してある。少しばかり揺れるが――」

「ごめんみんな。覚悟して」

急に真顔になってカティが言い、一行はざわついた。


果たしてその後、一行を乗せた巨大な橇《そり》が雪上を走り抜けていた。

「――ぬおおぉ！」「すげぇなこれ！」

「魔法加工を施した板の上下で風の精霊を循環させて空気浮揚《ホバー》させている。昔の魔法使いはよくやったと聞くが――」

「黴《かび》の生えたやり方だよ、水路と舗装路が増えた近年ではな！　が、湖水国《ファーンランド》ではこれがまだ現役だ！　過去に旅行したとでも思って楽しむといい！」

御者台で杖《つえ》を握って橇《そり》を操るカレルヴォが豪快に告げる。道などない雪原の中、地形の起伏を縫って高速で蛇行するため、乗り心地は悪いを通り越して凄《すさ》まじい。が、船旅に飽きてきていた今のオリバーたちにはそれも良《い》い刺激だった。

そんな中、行く手に広がる針葉樹の森に気付き、ピートがぎょっと目を見開く。

「ま、待った。これ、森に突っ込んで――」

「平気よ、ピート君」

イェンナが穏やかに請け合う。その言葉を証明するように、橇《そり》が突っ込む直前で進路上の木々が左右によけて道を空けた。驚くピートに向けてイェンナが補足する。

「普通人が言う『魔女の抜け道』というやつね。時間をかけて森と関係を結べばこのくらいは難しいことじゃないの。今の魔法使いはすぐ焼き払って道にしてしまうけど」

そう説明しながら、イェンナは娘の友人たちへ向き直る。

「……それにしても、動じないわねあなたたち。初めて乗る人は大抵手すりにしがみ付くものよ。様子を見て何度か休憩を取るつもりだったけど……」

「ああ、それは心配ござらん」

「重心制御鍛えてるもんな、おれたち」「むしろマルコを気遣ってあげませんと」

同じ橇《そり》の上にあぐらをかいて座るマルコに寄っていくシェラたち。その様子を眺めながら、イェンナの母が目を細める。

「……そう、そうよね。……キンバリー生だものね、あなたたちは……」

二時間強の行程を経て、日が沈む直前に彼らの橇《そり》は目的地へ辿《たど》り着《つ》いた。

「――さぁ、見えてきたぞ。長らくお待たせしたな」

橇《そり》を減速しながらカレルヴァが言う。その視線の先に大きな建物があった。一見して木造りの重厚な平屋が連なっているようだが、よくよく見れば基礎の木材はそのまま地面と繋《つな》がって根を張っており、中には伸張した木材によって新たな棟が形成されかけている部分さえ散見される。キンバリーの校舎とはまた別の意味で「生きている」ことを感じさせる建築だった。

「ここがアールトの家だ。歓迎するぞ諸君。無論、一度見たからには生きて帰れんと思ってくれたまえ」

「古すぎるジョークよ、カレルヴァ。今では普通人だってけっこう招くじゃない」

夫妻に続いて橇《そり》から降りる八人。その中から、好奇心に駆られたピートが真っ先に建物へ走り寄る。

「変わった造りだ。……まさかこれ、家そのものが器化植物《ツールプラント》で出来てる……？」

「その通り。建築に当たって木を切らない、いわゆるエルフ家《ハウス》のアレンジだな。ここは人工生《ビオト》態系《ープ》もあるから本家ほど徹底してはいないがね。意外と居心地は悪くないぞ」

笑って請け合うカレルヴァ。その隣に並んだカティが微笑《ほほえ》んで友人たちを迎える。

「ようこそわたしのお家《うち》へ。……寛《くつろ》いでいってね、みんな」

最初に客間へ案内されて荷物を下ろしたオリバーたち。木製の素朴な家具が置かれた広い部

屋の中で、シェラが高い天井を見上げて呟《つぶや》く。

「……何でしょう、不思議な感覚です。とても落ち着くと同時に、違和感もあるというか……」

「ああ、分かるよシェラ。魔法使いの住まいとして、ここは格段に『開けて』いるんだ。空気の流れひとつ取っても外と地続きで……閉塞感がまったくない」

同じ感覚をオリバーがそう表現する。ナナオが仰向けでベッドに寝そべった。

「拙者は心から寛《くつろ》ぎ申す」

「おれもだ。実家を思い出すねぇ」

「ボクは少し落ち着かないな……。まぁ、じきに慣れるだろうけど」

それぞれの感想を口にする面々。と、そこに廊下からカティがひょっこり顔を出す。

「パパとママが張り切って料理してるよ。……みんな、お腹《なか》の具合どう？」

全員の返事に代えて、ナナオの腹が盛大に鳴った。


呼ばれたダイニングでは、アールト夫妻の作った料理がテーブルに所狭しと並んでいた。

「――おお、美味《うめ》ぇ！」「出汁《だし》が利いてござる！」

食事が始まるなりガイとナナオが歓声を上げた。オリバーとシェラも味わいに唸《うな》る。

「……味付けは控えめで滋味に富む。なるほど、これが湖水国《ファーンランド》の料理か」

「大英魔法国《イエルグランド》とは調理の根本から違いますわね。このスープなど、ともすれば物足りない味になってしまいそうですが……素材の地力が絶妙のところで支えています」

「……温かい……」

根菜がふんだんに入った湯気の立つスープを匙《さじ》ですくい、ピートが微笑《ほほえ》んで呟《つぶや》く。好評を見て取った夫妻が安堵《あんど》の笑みを浮かべた。

「気に入ってもらえて何よりだ。水路での流通に頼りづらい分、ここの食事は地元の食材に支えられていてね。素朴な味が売りと言えば聞こえはいいのだが、若者に受けるかどうかは正直不安だった」

「東方《エイジア》のお嬢さんには特に好評のようね。ふふ、昔は日の国《ヤマツ》にも研究で何度か行ったのよ。干し魚で取ったスープはあちらの料理と近いものがあるんじゃない？」

ナナオにスープのお代わりを差し出しながらイェンナが言う。と、そこでカレルヴォが腕を組んで鼻を鳴らす。

「大英魔法国《イエルグランド》出身の諸君には分かってもらえると思うが、共に連合《ユニオン》では『食事がイマイチ』と評価されがちな国だろう？　その印象をどうしたものかと長らく憂いていてね……」

「ああ……分かります。しかし原因は互いに異なりそうですね。大英魔法国《イエルグランド》のほうは魔法産業革命に伴う人口の爆発的な増加へ対応するために一般の食生活が雑になった時期があり、その

頃の印象が現代まで尾を引いています。対して湖水国《ファーンランド》は……この料理を食べた印象だけで語って良いのなら、『同じ味が国外の流通食材では再現できない』という点に問題が集約されるのではないかと」

「おお、いい分析だなオリバー君。私もまったく同感だ。見ての通りそこまで特別な材料を使っているわけではないのだが、国外でこの味を再現しようとすると決まって物足りない結果に留まる。思うに他の国では農法が違って――」

　興が乗って喋《しゃべ》り続けるカレルヴォ。その袖を、娘が横からくいくいと引っ張る。

「そのことで話し込むのはまた今度にしてよ、パパ。オリバーは良い子だからいくらでも付き合っちゃう」

「ああ、ごめんよカティ。お前が友達と話す時間を奪っては元も子もないな」

「すぐ議論に熱中しちゃう困った人なのよ。みんなも絡《から》まれたら適当にあしらってね」

　そう言ってから、イェンナは同じテーブルの大きな客人に顔を向けた。

「マルコ君の分は少し薄味にしてあるわ。どう、美味《おい》しい？」

「ウ。コレ、うマい。……森ニい夕頃、思イ出す」

　よく煮込まれた根菜を口に運んでいたマルコが口を開く。その様子を見つめていたカティがうずうずと体を揺らす。

「早くパトロにも会わせたいなぁ……。戻るのは明日の朝だっけ？」

「ああ、そこは本当に済まない。近くで普通人たちの家造りを手伝っていたのだが、今日いっぱいで完成するからと頼み込まれてしまった。そうした依頼は無下にも出来ないんだ」

娘に詫《わ》びたカレルヴォが杖《つえ》を振って呪文を唱える。戸棚から飛んで来た酒瓶を片手でキャッチして、彼はそれをにやりと笑って掲げた。

「程よく腹もこなれたところで酒を入れようか。まずは自家製の蜂蜜酒などどうだい？」

「うっ、お酒……」

最初の宿での記憶が蘇《よみがえ》ったカティが顔を引《ひ》き攣《つ》らせる。オリバーが苦笑して頷《うなず》いた。

「……頂きます。ただ、みんな。分かってると思うが、くれぐれも控えめに」

キンバリーで過ごした三年についての話題は尽きず、夕食の場がお開きになる頃には午後十時を回っていた。さすがに今夜は休むようにアールト夫妻が勧めたが、その前にひとつだけと提案したカティに全員が付き添った。

「——テッポ！　ヘリュ！　ミンミも！　久しぶりー！」

カティの姿を見つけるなり喜んで駆け寄る魔犬たち。足元は草地だが、ドームで覆われた天井の中は仄《ほの》かな灯《あか》りで照らされている。周囲に感じる多くの生命の気配にオリバーが唸《うな》った。

「……ここが噂《うわさ》に名高いアールトの人工生態系《ビオトープ》か。入り口の段階で技術の高さが伝わるな」

「ご両親は快く許可してくれましたが、気軽に見学するのが憚《はばか》られますわね……」

「そんなに堅く考えなくていいよ。見せられない部分はパパとママのほうでちゃんと意識してるし、わたしがちっちゃい頃から遊んでた場所だもん。明日はもっと奥まで見学できるよ」

魔犬たちを撫《な》で回《まわ》しながらカティが言う。興味深げに周りを見ていた友人たちへ、彼女はさらに言葉を加える。

「迷宮の二層には似てるようで似てないでしょ？　ここは自然状態を再現するためのビオトープじゃなくて、『内部の生き物にとって理想的な環境』がコンセプトだからね。生き物はみんな穏やかに過ごしてるの。もちろん完璧じゃないんだけど」

「ああ、分かるよ。……君が生まれ育った、ここが天使の住処《すみか》なんだと」

オリバーが何気なく漏らした一言。それで入学間もない時期の記憶が蘇《よみがえ》り、カティは真っ赤になった顔を隠すように魔犬の一匹を抱きしめる。

「あ、明日からの予定だけど、パパとママのほうで色々考えてくれてるみたい。任せるとフィールドワークに連れ回されると思うけど……みんなはどうしたい？」

「同行出来るのか⁉」「それは是非にもお願いしたいですわ！」

ピートとシェラが前のめりに反応する。その様子にガイが苦笑した。

「おれも賛成だけどよ。ピートはともかく、シェラが同じくらい乗り気なのって意外だよな。予習で読んできた論文がよっぽど気に入ったか？」

「ええ、実を言うと……。人権派の視点から綴《つづ》った研究に目を通すのが珍しかったのもありますが、何よりあらゆる課題に対する斬新な切り口に感心しましたの。特に亜人種の文化研究はどれも刺激的で……」

「ああ、ゴブリン文明論のくだりか。あれは俺も圧倒されたな。あそこまで体系化が進んでいるのに研究自体が下火なのは惜しく感じられる」

「でしょう⁉　父の蔵書にもアールト夫妻の著書はあったのですけど、家の立場もあって実家では読ませてもらえなかったのですわ。あの悔しさを取り戻す絶好のチャンスですのよ！」

期待に目を輝かせながら語るシェラ。その姿にカティの目がじわりと潤む。

「……嬉《うれ》しいなぁ、パパとママの研究に興味持ってもらえて……。……泣きそう……」

「泣かなくていいっての。……キンバリーじゃずっと気を張ってたもんな、おまえ」

少女の頭をガイが撫《な》でて宥《なだ》める。一方、今後の予定が固まりそうな流れを察して、ピートは寡黙な仲間ふたりへと目を向けた。

「当面はアールト夫妻に任せる形になりそうだな。……テレサ、マルコ。オマエらも大丈夫か？」

「問題ありません」

「ウ。どこでモ、水の上ヨリ落チ着く」

ふたつ返事の了承が返る。全員の同意が得られたところで、その日はようやく就寝となった。

そうして迎えた翌朝。八人が朝食を終える頃になって、早朝に橇《そり》で家を出ていたカレルヴォが、娘が待ち焦がれていたもうひとりの家族を連れて帰って来た。

「――パトロ～～～～～！」

玄関から迎えに出たカティが感極まって大きな体に抱き着く。他の面々が後に続くと、マルコよりも一回り小柄なトロールがそこにいた。瞼《まぶた》を細めてカティの抱擁を受け止める姿に、オリバーたちも微笑《ほほえ》んで歩み寄る。

「初めましてだな、パトロ。君の話はカティからよく聞いているよ」

「やっと本人に会えたぜ。マルコとは体格がけっこう違《ちげ》ぇんだな？」

「マルコは純血のガスニー種だけど、こっちはエルニー種の血が強いみたいだな。キンバリーではあまり見ないタイプだ」

「一日で温和さが伝わりますわね。気は合いそうですか？　マルコ」

「ウ、まだ分からない。挨拶してみる」

そう口にしたマルコが初対面の同族へと踏み出した瞬間、彼の声を聴いたパトロがびくりと体を震わせた。

「ウ……？」

近付くマルコを前に怯《おび》えた様子で後ずさるパトロ。その姿にカティが首をかしげる。

「……？　どうしたの、パトロ。あれはマルコ、あなたと同じトロールだよ。キンバリーで出来たわたしの友達だよ？」

手を握ってそう促すが、パトロは一向にマルコへ近付こうとしない。当てが外れたカティが困り顔で腕を組んだ。

「おかしいなぁ、人懐《ひとなつ》っこい子なのに。マルコが人の言葉を話すのに驚いちゃったのかな……？」

「ウ、カティ、いイ。時間あル。ゆッくリ打ち解ケる」

マルコの言葉にカティも渋々と頷《うなず》く。それでその場はひとまずお開きになったが、去り際もじっとマルコを追い続けるパトロの視線が、オリバーにはひどく印象的だった。


朝食後の一休みが済むと、いよいよ本格的に人工生態系《ビオトープ》の案内が始まった。夫妻の先導のもと、オリバーたちは分厚い隔壁に隔てられた区画へと踏み入っていく。

「――どこから見せるか悩むところだが。まぁ、最初はこれだろうな」

まず大きな透明のドームを中央に据えた部屋へ案内される。オリバーたちが中を覗《のぞ》き込むと、それはなんと地中に設置された巨大な水槽の頂上部分だった。水で満たされた内部では見覚え

のある巨大な影が悠然と泳いでいる。湖水国《ファーンランド》へ入った直後に目にしたのと同じ竜の一種――湖竜だ。

「湖竜の生態研究は古来よりアールトの務めだ。なにせ湖水国《ファーンランド》の歴史は湖竜なしには語れないからな。縄張りの中の人間の営みには干渉せず、それでいて外から侵入してきた大型の魔獣とは激しく争って追い払う。まさに守り神だったのだよ、彼らは」

湖竜と人との関わりをカレルヴォが説明する。時に町ひとつを焼き尽くすこともある竜たちだが、かつての湖水国《ファーンランド》では真逆に人々の暮らしを守る役割を担《にな》っていた。もちろん湖竜の側にその意図があったわけではなく、元々あった生態系の隙間に人間が上手《うま》く滑り込んだというのが正しい。幸運にも湖竜は積極的に人間を狙わなかったのだ。

「けど、そんな彼らの立場も魔法産業革命の始まりと同時に危うくなった。循環水路を通すためには湖をいくつも潰さなくちゃならなかったのよ。急進派からは駆逐という案も出たし、他の国では実際にそうされたところも多いわ。暮らしが大きく変わっていく興奮に、みんな浮き足立っていたのでしょうね……」

イェンナがため息と共に言う。オリバーたちにもその経緯は想像出来た。人の数が増えるに従って素朴な共生関係は崩れていき、さらなる発展を望む人々の目に、かつて守り神であった湖竜は邪魔者として映ったのだろう。

「そこに待ったを掛けたのがアールトの先達だ。効率最優先で循環水路を通した場合の環境へ

の負荷、それに伴う人々の暮らしへの悪影響をきっちり数字にして見せたのさ。湖竜の役割を深く知っていれば自滅に等しいと分かるからね。自ら亡国へ向かって舵《かじ》を切らせるわけにはいかなかった」

カレルヴォが誇らしげに言う。頂点捕食者である湖竜の数が減ることによる環境への影響は計り知れない。彼らの先達はそれを可能な範囲で可視化し、以《もっ》て発展に逸《はや》る人々を説き伏せたのだ。

「そうした経緯もあって、湖水国《ファーンランド》内でのアールトの評価は歴史的に高かった。連合《ユニオン》全体の会合でもそれなりの発言力を持っていた時期があったほどに。……今では見る影もないがね」

「自虐は止めなさい、カレルヴォ。子供たちが困るでしょう」

イェンナが夫を諫《いさ》める。カティの顔が曇ったのを見てオリバーが話を変えた。

「……湖竜が食べているあれは？　普通の魚とは違って見えますが……」

「ああ、よく分かったね。魔法で培養した疑似生命だよ。湖竜に限らず、このビオトープでの食餌《しょくじ》には全てあれを用いているんだ。まだまだコスト面で優秀とは言えないがね」

水中の湖竜が捕食しているモノを指してカレルヴォが言う。自動人形《オートマタ》と同種の技術に基づいて造られた、それは言わば魚の形を模して泳ぎ回る肉人形だ。元々は餌の安定した確保が困難な生物の飼育のために考案された技術だが、竜に対してそれが用いられているという話をオリバーはここ以外で聞かない。これもまたアールトの技術力が窺《うかが》える光景である。

「湖竜のケースのような環境保全も重要な務めだが、それがアールトの魔道の本質ではない。……この先の案内で、それは自然と理解してもらえると思うよ」

この場の説明を終えた夫妻が次の場所へ向けて歩き出す。湖竜たちが泳ぎ回る水槽を後にして、オリバーたちもその背中に続いた。

続く区画では、また別種の驚きが彼らを待ち受けていた。

「……これは……」「……ええ……？」

透明な隔壁の向こうに広がる光景にオリバーたちが言葉を失う。その反応を見たイェンナが微笑《ほほえ》む。

「あら、みんな気付いたみたいね。まだ説明してないのにさすがだわ」

「信じられませんわ。グリフォンとヒッポグリフが、同じ場所で穏やかに過ごしてるなんて」

目を丸くするシェラの隣でオリバーも驚きを共有する。よく似た二種の魔獣が緊張感もなくのんびりと並んで寝そべる姿――魔法生物学の常識を踏まえれば、それは驚くべきものだ。

グリフォンとヒッポグリフ。外見上の特徴が似通うこの二種は、大半の野生環境下においで犬猿の仲にあることで知られる。生息地の好みが近いために縄張りが被《かぶ》りやすく、それでいて双方とも頑《かたく》なに相手の存在を許容しない。激しい争いを経て「グリフォンの縄張り」か「ヒッ

ポグリフの縄張り」のどちらかに決定するのが常であり、そのために魔法界では「グリフォンとヒッポグリフの共生」が「夢想」の比喩として用いられる程だ。

「彼らの仲の悪さの原因が見えてきたのは割と最近よ。以前は同一の祖から枝分かれした種とばかり思われていたけど、原生地の化石を分析した結果、実はこの二種はまったく別のルーツを持つ生き物だと判明したの。……みんなには収斂《しゅうれん》進化って分かるかしら？」

「分かります。同一の問題に対して生態を最適化していった結果、別個のルーツを辿《たど》ったはずの生き物が似たような形態に行き着く現象ですよね」

「その通りだピート君。要するにこの二種は親戚ではなく、姿形がよく似た他人同士というわけだな。互いに対する拒否反応もそこに端を発すると分析できる。グリフォンとヒッポグリフの人為的な交雑種であるグリ・グリフは生殖能力を持たないことで有名だろう？　つまりは互いを仲間だと勘違いしてしまうと繁殖に支障が出るのさ」

「理解出来ます。しかし、それならどうしてここでは争わずに共生を……？」

オリバーが当然の疑問を投げかける。カレルヴァが腕を組んで微笑《ほほえ》んだ。

「生息環境としての好適性を意図的に下げている。具体的には栄養や魔素の供給を、『生きていくには問題ないが繁殖には向かない』程度に絞っているのさ。さっき説明したように、彼らの互いへの嫌悪《けんお》は生殖本能に紐《ひも》付いている。それが抑えられている環境下では拒否反応も強く出ないと分かったんだ。縄張り争いの苛烈さもそこに原因があったわけだね」

思わぬ角度のアプローチにオリバーたちが唸《うな》った。そんな彼らにカレルヴァが向き直る。

「この実験から察してもらえるように、我々アールトは決して自然主義者《ナチユラリスト》ではない。必要に応じて環境保護の必要性も訴えるが、それはその手段が求められる成果に対して有効だからに過ぎない。……そもそも環境とは刻一刻と変化するものだからね。生命はその変化に対応するために進化を重ねてきた存在であり、無条件で自然に対して頭を垂れるのはそれこそ不自然だ。まして我々は魔法使いなのだから」

見誤られがちな部分をそう説明した上で、カレルヴァは娘の友人たちへ向き直る。

「アールトが追い求めたのは、自然状態の延長上では決して実現し得ない生命の理想郷。あえて定義するなら未現実主義者《ポストリアリスト》と呼んでもらえるのが正しい。……いや、正しかったと言うべきなのだろうね。今の私たちはもう、その道を歩んではいないのだから」

最後の言葉には自嘲が滲《にじ》んだ。その理由について深掘りすることまでは、今はさすがに誰も出来なかった。


さらに翌日。シェラの強い希望もあり、アールト夫妻のフィールドワークに同行して、オリバーたちは近隣のゴブリンの集落を訪れることになった。

「――まさかこの方面まで興味を持ってもらえるとはね。正直驚いたよ」

御者台で橇《そり》を運転しながらカレルヴォが言う。その言葉にオリバーが微笑《ほほえ》んで頷《うなず》く。

「キンバリーの校風そのものは自由主義ですから、おふたりの論文も図書室を調べればちゃんと置かれていました。セオドール先生などは熱心に目を通されているようですよ」

「マクファーレン卿《きょう》か……。光栄だが、空恐ろしくもあるな。ご本人には会議の場で数度会った程度だが、あの方はどうにも底が知れなくて――」

「カレルヴォ！」

「おっと――失礼。御息女の前で言うことではなかったな」

「お気になさらず。あたくしも概《おおむ》ね同感ですもの」

シェラが苦笑してカレルヴォをフォローする。失言と責める気にはオリバーにもなれなかった。ナナオをキンバリーへ連れて来た意図を始め、セオドールには余りにも得体の知れない部分が多い。教師陣の中でもキンバリーの中枢に近い立場だとオリバーは見込んでいる。

そんなことを考えている間に橇《そり》が止まった。橇《そり》をその場に置いて、一行が森の中を歩き出す。

「さぁ、もうじき集落だ。ここのゴブリンは人慣れしているし心配はないと思うが、杖剣《じょうけん》だけはローブの内側に仕舞っておいてくれ。彼らが怯《おび》えてしまうからな」

「もちろんです。初めて訪れる場所で、いきなり刃物をちらつかせたりはしません」

「礼は尽くす所存にござる」

オリバーとナナオに続いて他の面々もそれぞれ頷《うなず》く。彼らの心の準備が出来ていることを見

て取って、イェンナが両手で指笛を吹いた。野鳥の囀《さえず》りにそっくりのその響きにシェラが反応する。

「来訪の報《しら》せは鳥の鳴《な》き真似《まね》。論文にあった通りですわね」

「ええ、彼らの集落はおおむね隠れ里だから。この鳴《な》き真似《まね》にもバリエーションがあって、間違えて使うと大変なことになるのよ。猛禽《もうきん》の鳴き声だと『襲撃』を意味したりするの」

「それでもエルフの里に比べればずっとまし。そうでしょう？」

「言いにくいところを先回りしてくれたわね。あなたが気にしないなら、そっちでの失敗談も後で聞かせてあげるわ」

予備知識を仕入れて来たシェラの言葉にイェンナが苦笑する。そこで目の前の茂みが揺れてひとりのゴブリンが顔を出した。特に警戒するでもなく無造作に歩み寄って来る相手に、カレルヴォがにやりと笑みを浮かべる。

「おや、今日の門衛はカフィアか。……はは、さては我々の来訪を聞いて捻じ込んだな」

「珍しいもの好きで優しい子よ。カティ、ご挨拶の品を渡してあげて」

「うん！」

促されたカティが布で包んだ手土産を渡す。カフィアと呼ばれたゴブリンが包みを開いてその場で中身を改め始めた。オリバーたちも釣られてそれを覗《のぞ》き込む。

「魚の塩漬けと野菜と茶葉と……何を渡したんですか？　あれは」

「人里で買ったブローチだ。土産に売ってる普通人の細工物だよ」

「それで喜ぶんすか？　実用性低そうすけど」

「いや、めちゃくちゃ喜んでるぞ」

指摘するピートの視線の先で、ブローチをつまんだカフィアがにんまりと笑ってそれを見つめる。カレルヴォがそこで付け加える。

「彼らは手先が器用で芸術を尊ぶ。自分たちの創作のための参考作品が欲しいのさ。むしろ贈答を食料だけにすると嫌がられたりするぞ。『食うに困るほどウチの里が貧しいように見えるのか』ってね」

「ああ、なるほど……」

オリバーも納得して頷《うなず》く。森住まいの亜人種という認識から相手の生活水準を低く見積もりがちだが、それは無自覚の侮《あなど》りというものだ。

手土産のチェックを終えたカフィアがそれを抱えて踵《きびす》を返《かえ》す。イェンナが微笑《ほほえ》んでオリバーたちに向き直る。

「入場の許可が出たわ。ここからは小股でゆっくり歩いてね。笑顔も大切だけど、ひとつコツがあるの。ちゃんと歯を見せること」

「ほう、歯を？」「面白い習わしですね」

「『口に一物』って言うくらいで、ゴブリンは口を閉じている相手を信頼しないの。歯が見え

るくらい開いているのが丁度いいってこと。最初はちょっと大げさなくらいがいいわよ」

「こうでござろうか」「こんな感じっすかね」

ナナオとガイが白い歯を思いきり見せてにっと笑い、イェンナがくすくすと笑って頷《うなず》く。そこでふと懸念《けねん》を抱いたシェラが巨体の仲間に向き直った。

「マルコはこのままで平気ですの？　ゴブリンの集落だと手狭に思えますが」

「はは、むしろ人間より警戒されないぞ。ここは違うが、トロールと合住まいの集落だって珍しくないいんだ。中にはちゃんと『大きいヒト』用の道もあるから安心しなさい」

カレルヴォに説明されながら木立の合間を抜けていく一行。やがて、その視界が開ける。

「……わ……」「……うお……！」

色も形も様々な小屋がみっしりと並び立つ光景がそこにあった。小屋というのは人間のサイズ感で測るからで、小柄なゴブリンの住まいとしてはどれもじゅうぶんな大きさである。特筆すべきはデザインの多様さと自由奔放さ。崩れはしないかと不安になるほど二階からせり出したテラスは序の口、二本の柱の間で吊《つ》られてブランコのように揺れている家すらある。その一方で塗装から何から仕上げはどれも丁寧であり、子供の遊びとは一線を画する高度な技術があることも窺《うかが》えた。でなければ家の半ばは倒壊しているだろう。

「前衛的な家が多いだろう？　ここは私たちが頻繁に訪れる影響もあって少々派手だが、他の里もそれぞれ独創的だぞ。彼らは日常生活に芸術を取り入れるんだ。ゴブリン建築の概論を書

こうと思ったら紙がいくらあっても足りない」

「混沌《こんとん》として見えるけど、秩序がないわけじゃないのよ。彼らはひとつの様式に囚《とら》われることを嫌うの。隣の家とは自《おの》ずと違うものを建てるし、時間が経《た》てば改築するわ。あの三階建ての家はこの前まで平屋だったわね」

「……あの、めちゃくちゃ木を使ってません？　見たとこ鉄やモルタルも組み込んでますよね。色んな資源、けっこう派手に浪費してるように見えるんすけど……」

「エルフと違い、それこそ彼ら自身を悩ませる業というものだよ。人間とゴブリンの最初の衝突が何だったか知っているかい？　木材を巡っての争いだ」

そんな話をしている間にも、周りから何人ものゴブリンたちが寄って来た。

「～～～～？」「～～～～～～！」

「わ……！」「むむ？」

「おっと、さっそく話しかけられたな。ミシェーラ君の髪型に興味を持ったようだ。なぜそんなに綺麗《きれい》に捩《ねじ》れているのか教えて欲しいらしい」

「あら、あたくしの縦ロールに？　……言われてみると、彼らの髪型も多彩ですわね。都市部のゴブリンは剃《そ》り上げていることが多い印象ですが……」

「あれは人間の求めでそうしているのよ。禿頭《とくとう》が人間への恭順の証《あかし》として刷り込まれてしまっているの。その理由は小鬼《ボギー》にも関わってくるのだけど……詳しくはまた後で話すわ」

　言葉を濁すイェンナ。その視線の先でピートが聞き取りに集中している。本で仕入れた知識を基にゴブリンたちの話す言葉を理解しようとするのだが、それがどうにも上手《うま》くいかない。唸《うな》る彼にカレルヴォが言う。

「言葉が聞き取れないだろう？　安心しなさい、誰でも最初はそうだ。そもそもゴブリン言語の存在すら先達が証明するまでは認められていなかったからな。そのほうが保守派にとって都合が良かったというのもあるが――もう半分は、そもそも『聴こえていない』ことに起因する」

「あなたたちも調べてきたと思うけど、使っている音域がけっこう違うのよ。下手に聞こえる部分もあるから勘違いしちゃうけど、半分くらいは人間に聞こえない音で会話しているの。魔法使いなら訓練すれば聞き取れるようにはなるのだけれどね……」

「ウ。おレ、ちょっト分かル」

　マルコが言う。森で暮らしていた時期にゴブリンとの交流もあったのか、ここではオリバーたちよりもむしろ馴染《なじ》みやすいようだった。当のゴブリンたちもマルコには友好的に接している。共生関係を営むことも多いトロールは彼らにとって身近な「お隣さん」なのだろう。

「都市部のゴブリンたちのように『教化』すれば、拙いながら人間の言葉を喋《しゃべ》れるようにはなる。……ただ、それは彼らにとって喉を半分だけ使って喋《しゃべ》っているようなものだ。ここの長も身に付けてはいるが、あまり使わせたくはない。共通語の必要性そのものは否定できないが、

今は我々がここを訪れている立場であって――」

「やぁアールトの。今日は賑《にぎ》やかじゃねぇかぁ、若ぇのをぞろぞろ連れて」

集落の奥からひとりのゴブリンが現れる。大きく前に突き出した髪型が印象的だが、それ以上にオリバーたちを瞠目《どうもく》させたのがその口が紡《つむ》ぐ滑らかな人語だ。その登場に間を外されたカレルヴォがため息をついて前に出る。

「……流暢《りゅうちょう》な挨拶を恐縮です、里長。しかし少々間が悪い。今はあなたたちの言語の尊重を彼らに教えているところでして……」

「はぁん？　んなもんいきなり押し付けてどうするよぉ。俺《おい》らが喋《しゃべ》れるんだから喋《しゃべ》らせてやりゃいいじゃねぇか。大体《だいてぇ》お前さんのゴブリン語ときたら才能ねーから何年経《た》っても聞き取りづらくってよぉ」

「うぬぬぬぬ……！」

カレルヴォが悔し気に歯噛《はが》みする。圧倒されるオリバーたちに向けて、イェンナが苦笑気味に口を開く。

「タイミングがあれだったけど、紹介するわ。……この方がここの里長、モーリク氏。おそらく世界でも十指に入るレベルで人語が巧みなゴブリンよ。ちなみに三か国語話者《トライリンガル》」

「うっそだろ……」「湖水語ですらない。ものすごく流暢《りゅうちょう》な英語《イエルグリス》だ……」

「話者の多い言葉から押さえるのは当然！　いま蘭語も勉強してるぜぃ！　同じ語族の言葉な

んざ方言に毛が生えたのと変わんねぇ、ちょろいもんよ！」

　胸を張って大笑するゴブリンの長、モーリク。が、そこでふと真顔になる。

「ま、俺《おい》らは天才だからな。いわば稀有《けう》な例外ってヤツだ。他の連中に同じレベルは求めてくださんな、喉ォ絞って喋《しゃべ》るのは慣れねぇとけっこう辛《つら》くてよ。やる気のある若いのでも結構挫折すんだこれが」

　その補足に頷《うなず》きつつ、オリバーたちも順番に自己紹介を始めた。人間の習慣に合わせてひとりひとりと丁寧に握手した上で、モーリクはマルコの顔を見上げる。

「そっちにも同類がいるって聞いたぜ。……お前さんか？　脳をいじられちまったトロールってのは」

「ウ、あなたホど上手《うま》くナい。ケど、英語ナら、オれモ喋《しゃべ》れル」

　マルコが言葉に応じる。それを聞いたモーリクが盛大にため息をつく。

「もう分かった。頑張りゃ出来るってレベルじゃやねぇよ、そりゃ。……辛《つら》かったなぁ、お前さん」

　マルコの膝を優しく手で叩《たた》き、モーリクが踵《きびす》を返《かえ》して歩き始めた。

「立ち話もなんだ、メシ食いながら話そうや。……労《ねぎら》ってやりてぇからよ。こいつも、そっちの若ぇ子らも」

　里長のその様子に、カティがハッとして母親に向き直る。

「……お母さん。ひょっとして……」

「あなたの想像してる通りよ。……里の見学だけじゃなくて、里長に相談しに来たの。マルコ君の今後について」


「——まぁ、なんだ。人権ってやつの本質はなんだって話でな」

里の中でもひときわ目立つ応接用の庵《いおり》の中、一行は里長のモーリクと食事を共にすることになった。明るい水色に塗られた逆さ台形の建物にも驚かされたが、重ねてオリバーたちが意表を突かれたのが食事のバリエーションだ。汁物、焼き物に加えてゼリーで寄せた果物までデザートに添えられている。元来のゴブリンの食事はもっと素朴なものだが、これまた新しい物好きの彼らが貪欲に人の文化を吸収していった結果らしい。

そんな食卓を囲みながら、モーリクが論じるテーマはこれまた「人権」という抽象度の高いものだ。印象のギャップに振り落とされないよう、オリバーたちは懸命に会話へ意識を集中した。

「歴史を遡れば、ゴブリンの人権運動はトロールよりもずっと前から始まってんのよ。もともと手先が器用で人間とコミュニケーションは取りやすいし、俺《おい》らみたいな例外もちょくちょくいた。政治が上手《うま》けりゃそのまんま人権獲得って流れもあったかもしれねぇ。まぁそれも他に

でっけぇマイナスがなけりゃなんだが」

「……『道を外れた者たち』のことですね」

慎重に言葉を選んだオリバーの言い回しに、モーリクが苦笑する。

「気ぃ使ってくれてんなぁ、坊主《ぼうず》。……ま、その通りよ。お前さんたちが小鬼《ボギー》って呼んでる連中、要するに物騒な生き方を選んじまった同じゴブリンどもだ。今でもパンピーどもの認識は大方いっしょくたでどっちも『ゴブリン』だろ？　それでもどうにか『安全です』って訴えてぇから可哀《かわい》そうに、都市部の同胞はみんなつるっ禿《ぱげ》にしてんだってなぁ」

自慢の髪を撫《な》でながらモーリクが語る。小鬼《ボギー》とはゴブリンやトロールのような魔法生物学に基づく分類ではなく、人間に害をなすゴブリンとそうでないゴブリンを分けるための便宜として生まれた通称だ。ゴブリンたち自身は複雑な葛藤を込めて「道を外れた者たち」と小鬼を呼ぶ。もちろん本来はゴブリン語の表現であり、これはあくまで人間側の意訳だ。

「人間の目からすりゃ、俺《おい》らたちのお洒落《しゃれ》も外れた連中のざんばら髪と同じ扱いか。……まぁ間違いとも言い切れねぇよな。人間でいうところの狩猟民族と農耕民族くらいの差しかねぇんだから」

「そうは思いません。地域差はあるにせよ、あなたたちの生活様式は元々侵略的ではなかった。人や家畜を襲って生活の糧《かて》とするやり方はここ千年の間に生まれたものに過ぎないと聞きます。……同時にそれは、人間との生存競争がもたらした一種の『適応』であるとも」

かつて母から教わった認識をオリバーが語る。それを聞いたモーリクが目を細める。

「こりゃまたずいぶんと生真面目な坊主《ぼうず》だな。……言ってることもそうだけどよ、眼《め》の奥に俺らへの警戒が滲《にじ》まないのが面白ぇ。そいつは人権派だろうとなかなか消せねぇもんなんだが」

ちらりと長に目を向けられたガイがう、と息を詰まらせる。そちらに笑ってみせてから、モーリクは再びオリバーへ顔を向ける。

「よっぽど風変わりな親に育てられたのかね。……ただ、この年にしちゃ、ちっと瞳の底が深すぎるきらいはあるけどな」

自分をじっと見つめるモーリクの目に、オリバーは見透かされているような畏れを覚える。それさえ感じ取ったかのようにモーリクは他へ視線を移した。ここまで話に加わっていなかったナナオだ。

「カティ嬢ちゃんはまぁ別として。こん中だと、そっちの東方《エイジア》の嬢ちゃんもそうだな。……っつーかお前さんは瞳が澄み過ぎてて逆に怖ぇ。俺《おい》らのことどう思ってんだ？」

「鼻が高く小柄な御仁であると。加えて、拙者など及びも付かぬほどの切れ者。……さらに言えば、その髪型は甚だ『くぅる』にござるな」

「はっはっは！　そりゃいい！　見る目があんなぁ嬢ちゃん！」

思いがけない返答にモーリクがからからと笑う。そこでいたたまれなくなったガイが遠慮がちに口を開く。

「……ありますか、警戒。おれにもやっぱ」

「気にすんねぃ。頑張って抑えてくれてんのは分かるし、今のでお前さんが気のいい若者だってのもじゅうぶん伝わったさぁ。っつーか初めてここに来て警戒がないほうが問題よ。カティ嬢ちゃんはともかく坊主《ぼうず》や東方《エイジア》の嬢ちゃんだって用心はしてる。そりゃ人間だのゴブリンだの関係ねぇ、生き物として当然の備えってやつだろ？」

他の面々をそうフォローした上で、モーリクはふむと手を顎に当てる。

「警戒ってぇのは言葉の綾《あや》だな。これはあれだ、偏見の有無ってヤツだ。そっちのふたりは初対面の人間と会う時と同じように俺《おい》らと向き合ってる。それが伝わって小気味良いわけよ。なぁ、オリバー坊やにナナオ嬢ちゃん」

ふたりに向かって笑いかけてから、モーリクは改めてマルコを見つめる。

「話ィ元に戻すか。――んでまぁ、俺《おい》らが言いたいのは、人権なんてもんにカッチリした基準なんざねぇってことだ。言葉が使えりゃオッケーなら先に俺《おい》らがクリアしてる。けど、ゴブリンにゃそれじゃ足りねぇ。道を外れた連中がそれ以上のマイナス印象を人間に与えてるからだ。俺《おい》らもずいぶん頭ひねったけど、こうして地道に人間と会って伝えるしかねぇと今は思ってる。俺《おい》らたちをあいつらと切り離して考えてもらえるようにさぁ」

「……浅慮を承知で訊《き》きますわ。彼らとの再度の融和という道は？」

「ねぇよな、まぁ。……あいつらはあいつらで生きるのに必死なんだ。運良く国に保護された

俺《おい》らたちとは置かれた状況からもう違う。安全圏から呼びかけたところで少しも響かねぇよ。境目にいそうな連中が近くにいりゃ、まぁ説得くらいは考えるけどな」

そう語った上で、モーリクは話をマルコに戻す。

「けど、トロールの場合は話がまた別だ。……毎年けっこうな人を殺《あや》めちゃいるが、それは人間の開拓と暮らしがぶつかるからで、お前さんたちから積極的には人を襲わねぇ。だったらまぁ——言葉を喋《しゃべ》れるって点は、俺《おい》らたちより強みとしてデケェわな」

「……そこまで考えてくれてたんだ、里長」

微笑《ほほえ》みに感謝を滲《にじ》ませるカティ。モーリクが葡萄酒《ぶどうしゅ》をぐいと呷《あお》る。

「カティ嬢ちゃんが連れてきたってことは自然とそういう話にもなんだろ。……ただ、厳しいこと言や決定打にゃならねぇよ。現状で言葉が喋《しゃべ》れるのはそいつ——マルコひとりだけなんだろ？　あちこち回って説法させたところで、まぁ『珍しいトロール』扱いがせいぜいだぁな。アピールとしてインパクトはあるし、まるきり無駄とは言わねぇけどよ」

現実的な指摘にカティが腕を組む。そこにモーリクが言葉を加える。

「マジで考えるとすりゃ、そりゃもう同類の頭数を増やすことだ。……脳をいじくったってことは、どこをどういじりゃいいかは大方見当が付いてんだろ？　だったら話は簡単だ。ひとりが百人になりゃ一気に風向きも変わらぁな」

「それはダメ！」

カティが語気を強くして主張する。モーリクが苦笑して肩をすくめた。

「知ってるよ、嬢ちゃんがそう思うってこたぁ。……ただなぁ。こう言っちゃ嫌われそうだが、まるきりナシとは俺《おい》らも思わねぇのよ。

だってよ。あらゆる生き物は生き延びるために変化していくもんだ。だから俺《おい》らもこうやって人の言葉を喋《しゃべ》くってるし、道を外れた連中もそのために元の生き方を捨てた。生存戦略って意味じゃあどっちも変わらねぇのさ。そのためにどういう方法を取るかってだけの差だ」

割り切った考えにオリバーが目を瞠《みは》る。ゴブリンの口からその言葉が出るとは夢にも思わなかった。

「その中に『脳をいじくる』って過程が含まれたとしても、俺《おい》らにゃそれを否定出来ねぇ。そうしなきゃ滅びるってんなら選ばねぇほうが不自然にさえ思える。……手段だってな、別に無理やりとは限らねぇよ。探しゃいくらでもあるんじゃねぇか？　手を打たなきゃ今にも人間に磨《す》り潰《つぶ》されそうなトロールの集落なんざ。そういう場所を回ってマルコから伝えることも出来らぁな」

「魔法使いに身を委ねて、脳の手術を受けろ……と、ですか」

堅い表情でオリバーが口にする。モーリクがため息をついた。

「俺《おい》らの立場だったらまっぴら御免よ。ただ――状況次第で、首を縦に振るやつも皆無じゃねぇさ。そうして数が揃《そろ》って流れが出来りゃあ、それはトロールって種が生き延びる道のひとつ

になる。『喋《しゃべ》る』トロールと『喋《しゃべ》れない』トロールに分かれる形で、ちょうどゴブリンと小鬼《ボギー》が分かれたみてぇによ」

そこまで語った上でマルコに向き直り、モーリクは改まって口を開く。

「こういう考え方もある。俺《おい》らが言いたいのはそういうことで、それ以上でも以下でもねぇ。……まぁ、マルコの考え方に幅をくれてやりたかったのさ。嬢ちゃんたちから色々学んだとは思うが、同じ『ヒト未満』に意見を聞くのは初めてだろ？　だったら思い切って枠をぶっ壊すのもアリだと思ってよ。嬢ちゃんが絶対に言わなさそうな内容も話に含めといたわけだ」

「……ウ……」

マルコが困り切った表情で俯《うつむ》く。それを見たモーリクが理解を示して頷《うなず》く。

「頭パンクしそうだよなぁ。でもマルコよ、これだけは覚えとけ。――お前さんは今、種の命運ってもんを背負いかけてる。お前さんの選択次第でトロールの未来が変わるかもしれねぇ、そういうでっかい分かれ道に立ってんだ。

もちろん背負う必要なんてねぇ。ぜんぶ放り出してちょっと珍しいだけのトロールとして生きることだって出来らぁな。……もっと言やぁ、言葉なんざ全部忘れちまって、森ん中で普通のトロールとして生きることも。どうせ嬢ちゃんのことだ、今んとこはその方向で計らってんじゃねぇか？」

言われたカティが無言で俯《うつむ》く。悩むマルコを見つめてモーリクが言う。

「けど、そうじゃねぇ方向にも舵《かじ》は切れる。――決めるのはお前さんだ。それだけは嬢ちゃんに投げんな。お前さんの荷物は、お前さんが持つんだ」

食事の終わりと共にマルコについての話し合いもお開きとなり、そこからは各自で自由に集落を見学する運びとなった。ゴブリンたちとの交流を楽しむ仲間の姿を眺めながら、オリバーはぼんやりと集落の片隅に佇《たたず》んでいる。

「悪ぃな、長々と説教垂れて。柄でもねぇのによ」

そこに背後から現れたモーリクが語りかける。向き直ったオリバーが首を横に振る。

「とんでもない謙遜です。……圧倒されました、あなたの知性に。種の命運を背負うという自覚――それはマルコよりもずっと先に、あなた自身が抱いていたものでしょう」

「はは、そりゃ買《か》い被《かぶ》りすぎだよ。俺《おい》らは確かに天才だけど、この程度は探しゃあ他にもいる。実際連絡も取ってるしな。……荷物を分ける相手はいんだ、俺《おい》らのほうには」

カティとマルコのほうを眺めながらモーリクが呟《つぶや》く。少し考えて、そこでずっと気になっていたことをオリバーが尋ねる。

「マルコを慮《おもんぱか》ってくれたことには感謝します。しかし――本当に良かったのですか？　トロールの脳に手を加える処置、あれは技術が進めばゴブリンにも応用され得ます。いま人里で使

役されている同胞にも巡り巡って影響しうる。その程度はあなたなら想像出来ているはず」

「だとすりゃ、その流れは止めらんねぇよ。……マルコの頭割って脳いじくるなんて嬢ちゃんが自分でやるはずねぇ。方法を知ってんのは別の魔法使いで、だったらその技術はもう他にも伝わってる。俺《おい》らはずっとその前提で話してたって、お前さんなら分かるだろ？」

鋭い指摘にオリバーが俯《うつむ》く。――長の言う通り、マルコの現状を生んだ大元はミリガンの研究であって、その成果は折に付け学校側にも報告されている。生前に同じ研究を支援したダリウスの目的が「人間への知性化の応用」であったことを踏まえれば、同様の流れが亜人種に波及しないとは誰にも言い切れない。

「一介のゴブリン風情《ふぜい》がどう足掻《あが》いたところで、この世界は魔法使いを中心に回ってんだ。俺《おい》らに出来ることは、その支配の中でなるべくいい目を見られるように立ち回るだけ。……それさえ拒むってんなら、残された道はもう異界《よそ》の神に縋《すが》るくらいだがよ。俺《おい》らはそれだけは選ばねぇ。その道でくたばった同胞のことを嫌ってほど知ってんだ」

その言葉には諦観と決意が同時に宿っていた。何も言えずに立ち尽くすオリバーの隣で、モーリクはなおも続ける。

「もちろんゴブリンとしての暮らしも捨てたくねぇ。ただ――それとは別に、生き延びるために何かを切り捨てる覚悟も持ってる」

そう言って服の首元を捲《めく》る。これまで布で隠れていた喉の部分が露《あら》わになり、それを目にし

たオリバーは目を丸くした。一度切り開いて縫った痕と思《おぼ》しき傷跡がそこにある。

「……それは……！」

「喉をな、ちょいとばかし切った。人間の言葉を喋《しゃべ》りやすくするために。……元のゴブリンの声帯だとよ、さすがにここまで流暢《りゅうちょう》には喋《しゃべ》れねぇんだ。人に聴こえない音を発する部分を何割か削《そ》ぐといい感じになる。ウチの里だと結構前から分かってたことでよ」

服を戻してモーリクが小声で言う。その口元に寂しげな笑みが浮かぶ。

「俺《おい》らは最初っから人間の言葉で喋《しゃべ》ってたろ？　――実はな、もう聞かせられたもんじゃねぇんだ、俺《おい》らのゴブリン語は。仲間にもたまに聞き返される。まぁ会話に不便があるほどじゃねぇし、俺《おい》ら自身は何とも思ってねぇんだけどよ……」

そこで言葉を濁して、モーリクは同胞と交流するアールト夫妻へと目を向ける。

「……あのふたりは、俺らと喋《しゃべ》ることを目標にゴブリン語を覚え始めた物好きでよ。これを見せるのはちっとバツが悪い。ま、遅かれ早かれバレることじゃあるんだが……今んとこは内緒にしときてぇ。頼めるか、オリバー坊や」

「……誓って」

誠意を込めてオリバーが頷《うなず》く。モーリクが笑ってその背中をバンと叩《たた》く。

「お前《めえ》は不器用な性分だな。ゴブリンの戯言《たわごと》と割り切りゃ悩むこともねぇのによぉ」

何も言えないオリバーへ、モーリクは穏やかな声で続ける。

「お前《めぇ》にも背負うものはある。そんくらいは見りゃ分かる。……だから、嬢ちゃんとマルコを任せる、とは言わねぇ。荷物を丸投げすんなって自分で言ったばっかりだしよ。ただ——出来るだけ、傍《そば》にいてやってくれ。……叶《かな》うなら、あのふたりが自分の道を選ぶ時まで。嬢ちゃんとマルコが、良くない道に迷い込まないように」

オリバーが重ねて頷《うなず》く。その返答を見届けたモーリクが笑って彼に向き直った。

「また来いよ、オリバー坊や。そん時は蘭語で詩を読んでやるぜ」

「ええ。楽しみにしています」

そうして握手を交わす。初めて出来たゴブリンの友人の手はごつごつと硬く、しかし温かかった。


里の見学を終えた帰り道の橇《そり》の上。見聞きした物事の衝撃を、誰もが言葉少なに胸の中で反芻《はんすう》していた。

「……凄《すさ》まじい経験でしたわ」

「ふふ、そうでしょう？　里長はちょっと極端だけど、この研究はいくら続けても驚きの繰り返しよ。何度天地がひっくり返ったかなんてもう数え切れない」

彼らを眺めながらイェンナが言う。その口が儚《はかな》い願いを呟《つぶや》く。

「可能なら、全ての魔法使いにあの里を見せたい。特に若い子たちにゴブリンという種族の実態を伝えたいの。……都市部で息を潜めている姿も、群れて人を襲う姿も、決して本来の彼らの在り方じゃない。好いて欲しいとは言わないわ。ただ、嫌う前に知って欲しい……」

そんな話をしているうちに日は没し、静かな夜の雪原を抜けて彼らはアールトの家へ帰り着いた。橇《そり》から降りるなり、マルコが口を開く。

「……カティ。おレ、しバらク、ひトりデ考えタい」

「マルコ……うん、分かった。でも、寂しくなったらすぐに呼んでね。夜中でもすぐに駆け付けるからね」

「私も、今日は遅くまで起きています」

「ありがとう、カティ、テレサ。けど心配ない。おれ、大丈夫」

気遣うふたりに微笑《ほほえ》みで返して、身をひるがえしたマルコがとぼとぼと建物の中へと入っていく。その背中を見つめたガイがぽつりと口を開く。

「あんなに肩縮めちまって。……いちばん衝撃がデカかったのはマルコだよな、そりゃ」

「ああ、同じような立場の先達と初めて会ったんだ。……どれだけ心が揺れているか、正直想像も付かない」

大きな友人の心境を慮《おもんぱか》りながら家へ入っていくオリバーたち。その中でガイとカティのふたりだけが何となく最後まで外に残り、そこでふとガイが呟《つぶや》く。

「……いや、マルコだけじゃねぇな。おれもだ」

「え？」

思いがけない言葉にカティが目を丸くする。ガイが腕を組んで先を続ける。

「オリバーとおまえにあっておれに無いものなんて山ほどある。だから逆に、どこが決定的な差なのかも分かってなかった。……でも、それがやっと見えてきた」

「な、なにそれ。……もしかして里長が言ってたこと？　そんなの違うよ！　ガイはちゃんとゴブリンと向き合ったの今日が初めてだもん！　長く付き合っていけば偏見なんて自然に消えるって！」

「ああ、いい友達《ダチ》になれそうだよな。……でも、そういうことじゃねぇんだ」

苦笑を浮かべて首を横に振り、ガイは言葉を選んで再び口を開く。

「なんつーか、視界の差だ。——おまえらは多分、おれよりずっと大きなものを見てんだな。そん中にゴブリンも含まれてて、だから今日も自然体で里長と話せてた。……そこが差だ。今日で新しく増えたけど、おれの世界に今までゴブリンはいなかった」

自分でそう分析した上で、ガイはカティに向き直る。

「最初っからスケールが近ぇんだ、おまえとオリバーは。……世界観っつーのか？　まるきり同じじゃないにしろ、その中のでっかいところを共有してる。だから惹《ひ》かれるんだと思うぜ。おまえにゃ直感的に分かんだろ、あいつが同類だって」

「……っ……」

カティが否定できずに押し黙る。その傍《かたわ》らで、ガイが淡々と自己分析を続ける。

「自分で分かる。おれの世界はたぶん、そこまで広がんねぇ。……これぱっかりは器の差ってやつだろうな。

おまえのそれが生まれ持ったもんだってのは分かる。でも……オリバーはどうなんだ？　あいつも最初からそうだったってのか？　……いや、そうは思わねぇ。あいつの始まりはたぶんおれと大して変わらなかった。周りの人間を笑わせるのが好きなだけの子供で――だから、何かあったんだ。元々の器ごとぶっ壊されて、それを別の形に継ぎ合わせるような出来事が
……」

呟《つぶや》きながら思考に没頭するガイ。堪《たま》らずその体をカティが抱きしめる。

「――んあ？　何だよいきなり」

「分かんないよ……！　でも、こうしなきゃガイ、どこかに行っちゃいそう……！」

正体の分からない焦《あせ》りに突き動かされてカティが言う。ガイが苦笑してその髪をくしゃくしゃと掻《か》き混ぜる。

「こっちの台詞《せりふ》だ、そりゃ。おれはどこにも行かねぇよ。

むしろ逆だ。……どうしたらおまえらを留《とど》めておけるか、ずっとそればっかり考えてる」

相手の瞳をじっと見つめてガイが言う。応じる言葉をカティが必死に探している間に、彼は

すっと身をひるがえす。

「ったく、柄でもねぇな。……ちっと風に当たってから戻るぜ」

「あ――」

遠ざかる背中にカティの手が伸びかける。が――それを制するように、

「せっかく実家なんだ。カティ、おまえはおまえで、一旦気持ちに整理付けとくほうがいいぞ。おれに逃げてばっかりいねぇでよ」

優しくも厳しい言葉が、彼女の胸に突き刺さっていた。

まったくもってその通りだ、と彼女は思う。

ガイと別れた後。返す言葉が見つからないまま、カティは無言で実家の廊下を歩いている。

「…………」

指摘されるまでもなく、彼女も分かっている。――現状はとても歪《いびつ》だ。オリバーに向ける感情を自分の中で扱い切れないまま、その鬱積の捌《は》け口《ぐち》としてガイに甘えている。以前からそうだった自覚はあるが、オリバーとナナオが明白に接近したことでその傾向は加速した。安心できる相手にべたべたに甘えることで気持ちを落ち着かせる、これはある種の子供返りなのかもしれない。

「……はぁ」

カティは思う。好きな子と仲のいい友達に嫉妬している——ただそれだけの話だったなら、どんなに楽だろうかと。

同時に自覚もしている。自分の中身が、そんな可愛《かわい》らしいものでは有り得ないことを。

「——あ……」

苦悩を抱えてとぼとぼと歩く中、その原因である相手の姿を見つけ出す。窓辺で夜空を見上げる物憂《ものう》げなオリバーの横顔。カティの胸がぎゅっと疼《うず》き、何も考えずに抱き締めたくなる。数秒の躊躇《ためら》いを経て、彼女の足が一歩を踏み出す。——ここは、勇気の出し所だ。

「——ねぇ、オリバー。ちょっといい？」

「——ああ。どうした、カティ」

呼ばれたオリバーが窓辺で振り向く。明るい微笑《ほほえ》みにどこか緊張感をまとって、巻き毛の少女がそこにいた。

「多いでしょ、星。……わたしはこれが当たり前だと思ってたから、キンバリーに入ったばかりの頃は驚いたんだよ」

「そうだろうな。この空の下で生まれ育ったのなら」

共感を込めてオリバーが頷《うなず》く。その隣に立ったカティが、彼と並んで星空を見上げる。

「うん。だから、同時にすっごく寂しくなった。ああ――自分は本当にお家《うち》から遠いところに来ちゃったんだって」

目を細めてかつての郷愁を思い返すカティ。そこに言葉を挟むことはせず、オリバーは無言で耳を傾ける。彼にも分かっていた。相手が大事な話をしようとしているのだと。

「マルコやナナオのことを心配していられたのは、あの頃のわたしにとって幸いだったと思う。自分よりも大変な境遇の子と、自分よりもさらに遠くから来た子がそばにいたことが。……そっちで頭をいっぱいにしたおかげで、悲しくて泣いちゃわずにすんだから」

夜空に向いていたカティの目が、そこで隣の少年を向く。

「……考えてたでしょ？　Mr.《ミスター》レイクのこと」

オリバーの息が詰まる。夜空に瞬《またた》く無数の光へと視線を戻して、カティが言葉を続ける。

「星、好きだったんだよね。……ここに連れて来たら喜んだかな」

「……あぁ。大はしゃぎだったと思う、きっと」

震えそうになる声を抑えながら、オリバーは辛《かろ》うじてそう答える。――失踪扱いになっているユーリィ＝レイクが迎えた本当の結末を、彼女は知らない。だが、死を隣人とするキンバリー生の直感が漠然と知らせるのだろう。カティは悟っている。彼はもう、帰って来ないと。

同じ面影を想《おも》って沈黙が流れる。その静けさの中で、カティがぽつりと呟《つぶや》く。

「──オリバーは、今も同じだよね」

「え？」

何を言われたか分からず問い返すオリバー。その顔を、カティが改めてじっと見つめる。

「Mr.《ミスター》レイクとか、ナナオとか、テレサちゃんとか……自分じゃない誰かのことで頭がいっぱい。きっと他にも沢山いるんでしょ」

指摘されたオリバーが言葉に詰まる。カティがふっと微笑《ほほえ》み、夜空に視線を戻す。

「わたしもそう。……だからね。実家まで来てようやく、ちゃんと自分のことを考えられた」

「…………」

「それが苦手だよね、わたしたちは。……何かを考える頭のキャパはどうしようもなく限られてて、広げるために真っ先に自分を切り落とす。痛いのも、苦しいのも、辛《つら》いのも──自分のことなら、無視すれば済んじゃうから」

オリバーの胸がずきりと痛む。それを誰よりも濫用してきた己の過去を、なのに烏滸《おこ》がましくも友人たちに自愛を求め続けた矛盾を、自分自身が誰より知っているから。

「それがわたしたちの良くないところで、どうしようもなく変えられないところ。……重要なことが他にあり過ぎて、自分のことを大事にしている暇がない。最低限の自己管理にだって理由をひとつ挟む必要がある。ここで休んだほうが大切な誰かのためになるから──って」

その思考の段取りが、眩暈《めまい》を催すばかりに馴染《なじ》み深い。いっそ叫び出したくなる程に悲しく

忌《い》まわしい。自分と同一の病巣《びょうそう》を彼女もまた抱える――その事実を認めることが。

「そうだな。……君と俺は、そこがよく似ている」

否定のしようもなく、絞り出すようにオリバーが頷《うなず》いた。なのに――その心境とはどこまでも裏腹な微笑《ほほえ》みがカティの顔に浮かび、

「ありがとう、オリバー。――そんなあなたに出会えて、わたしは救われました」

余りにも皮肉な感謝を、その口で告げていた。

「ごめんね、変なこと言って。……でも、これだけは伝えたかったの。だって、これさえ言えたなら……」

胸を両手で押さえてカティが俯《うつむ》く。他のことはそこに仕舞っておける、と告げるように。

「うん、それだけ。――もうすぐご飯だから、先に行ってるね」

くるりと身をひるがえしたカティが慌ただしく立ち去る。その背中へ目を向けることも出来ないまま――こぶしを硬く握りしめて、オリバーは暗い廊下に独り立ち尽くした。


仲間が寝静まった深夜。先のカティとの会話もあってうまく眠りに就けず廊下に出たオリバーに、まるで待ち構えていたように酒瓶を掲げたカレルヴォから声がかかった。

「――一杯どうだい？　オリバー君」

「――ええ。喜んで」

予感はあった。誘いに応じてラウンジスペースに足を運び、そこにいたイェンナと共に三人でテーブルを囲む。

「すまないね、夜遅くに。……だいぶ悩んだのだが、やはり君が全員の中心にいると感じた。それは間違っていないだろうか？」

「自分では判じかねます。が……少なくとも、代表として話を聞くことは出来るかと」

オリバーが言う。すでに意図が伝わっていることを察して、カレルヴォが軽く頷《うなず》く。

「それで構わない。……本来なら全員揃《そろ》っている席で話すのが筋なのだろうが、せっかくの楽しい旅行に水を差すのも憚《はばか》られる。だから、この場限りの内緒話と思って付き合ってくれ」

そこでカレルヴォが一旦言葉を切り、入れ替わりでイェンナが口を開く。

「最初に聞かせて。――あなたの目から見て、今のカティはどのくらい危うい？」

オリバーが押し黙る。しばらく考えたが、やがて彼は取り繕うことを止めて口を開いた。

「――極めて。それについては、仲間内で何度も話し合っています」

場に沈黙が降りる。ふたりの表情を窺《うかが》いつつ、オリバーがぽつぽつと語り続ける。

「これまでは理解の及ばないところが多かった。ですが……この場所、彼女が生まれ育った環境を見るにつれて、俺のほうでも少しずつ腑《ふ》に落ちてきた気がします。彼女の魂が目指すものについて」

そう言ってじっとふたりを見つめるオリバー。カレルヴァが厳かに頷《うなず》く。

「ああ。……同時にそれは、かつて我々が打ち棄《す》てた夢。達成不能と見切りを付けたアールトの魔道の『先』でもあるのだろう」

そう告げたカレルヴァの顔に色濃い苦悩が滲《にじ》む。

「背負わせる気はなかった。この場所で愛情を注ぎ育てこそしたが、思想を植え付けたつもりは誓って微塵《みじん》もない。だが――あの子は生まれながらにそれを胸に秘めていた。……まったくもって、皮肉という他ない」

大きなため息を吐くカレルヴァ。そんな夫の隣で、イェンナが静かに問いかける。

「……オリバー君。アールトの罪について、君はどのくらいまで知っているの？」

「……世間で語られる程度のことは。つまり、その……」

オリバーが言い淀《よど》む。懸命に言葉を選ぶが、これ以上はどうにもぼかしようがない。

「……異端を支援したと。その行いの結果が、少なからぬ犠牲に繋《つな》がったとも」

意を決してそう口にする。イェンナがゆっくりと頷《うなず》く。

「何の訂正もないわ。……ただ、その事については、私たちの口からも語らせて」

杖《つえ》を振ってパンは出せない。古の諺《ことわざ》にそのようなものがある。

無論、錬金術を駆使することで「パンのようなもの」は生み出せる。が、この諺《ことわざ》の本質はそこではなく、そうした直接的な魔法生成物を普通人の体は受け付けない、という点にある。

同じ理由から、魔法薬の類も普通人には極めて限定的にしか処方できない。呪文で治癒を施す場合にも、彼らの自己治癒力に対する必要最低限の後押しに留《とど》める必要がある。かように、魔法使いから見た普通人は実にデリケートな生き物なのだ。

同時に、魔法使いには普通人を守らなければならない確固たる理由がある。それは「この世界」における魔法使いの限界数が、普通人の人口を母数とした一定の割合に定められているからだ。この世界律があるために、人間を全て魔法使いに置き換えようという短絡的な発想は成り立たない。

魔法使いを増やすには普通人を増やす必要がある。そのためにはより多くの普通人を養わなければならないが、杖《つえ》を振って出したパンでは普通人の空腹を満たせない。そこで魔法技術に依《よ》らない農耕や畜産に頼る必要性が生じ、伴って労働力の問題が立ちはだかる。普通人が働いて普通人を食わせるだけでは古代と何も変わらず、それは余りにも効率が悪い。

魔法使いは考えた。もっと気軽に扱える労働力はないものか。一定の器用さを持ち最低限の意思疎通が可能でありながら、粗雑に使い潰しても惜しくない存在はどこかにいないのかと。

すぐに当てを付けた。——なんだ、いるじゃないか。ヒトのようでヒトじゃない便利な連中が。

亜人種を奴隷階級に据えることから始まった、これが魔法産業革命の勃興である。

その兆《きざ》しが見え始めた頃からアールトは危惧していた。このやり方はまずくないかと。単なる感情的な忌避ではない。同じ方法を徹底していけば、やがて世界は人間の総人口に勝る亜人種の奴隷を抱えることになる。酷使によって不満を溜《た》め込んだ彼らは反乱の火種となり、ましてそこに油を注ぐ異端《グノーシス》という脅威すらある。持続可能な社会モデルと考えるには余りにも転覆のリスクが高すぎると危ぶんだのだ。

ただ危険性を訴えるだけでは訴求力に乏しい。代案が必要だった。大量の奴隷に代わって普通人たちを食わせるためのアイディアが。

そこで彼らは不可能に遡った。杖《つえ》を振って出すパン、即《すなわ》ち「生物不食」の試みへと。

研究は世代を跨《また》いで難航した。魔獣の疑似餌を始めとするいくつかの副産物を成果として出しながらも、根本的な問題には一向に解決の目途が立たないままだった。即《すなわ》ち——どう工夫を凝らしても、肝心の普通人に食わせられるものにならない。

妥協を重ねて高効率の家畜・農作物の開発に着手した時期もあった。が、ここにもやはり同

じ問題が立ちはだかった。魔法による直接生成物と同様、魔法的に改良した生き物の摂取もやはり普通人の健康に害を及ぼしたからだ。まだしも功を奏したのは魔法に依《よ》らない地道な品種改良であって、皮肉にもアールトはこの分野で大きな成果を挙げた。少しも誇る気にはなれず、加速していく魔法産業革命の進展を横目に、彼らの焦《あせ》りは募る一方だった。

情勢が決定的に変わったのはカレルヴォとイェンナの代だった。果てしない試行錯誤の繰り返しを越えて、彼らはついに見つけ出したのだ。杖《つえ》を振って出すパン、普通人が食べても体を害さない魔法生成物。世界のルールの隙間を突くが如《ごと》き物質を。――それが罠《わな》だと気付かないまま。

「――食物連鎖のピラミッドは分かるわよね。上に行けば行くほど数は減る。魔法生態系にはまた違ったパターンもあるけど、基本的には同じ傾向と考えて差し支えないわ。

あるフィールドワークの過程で、私たちはそれと完全に矛盾した場所に出会ったの。つまり――草食獣に対して肉食獣の数が明らかに多い。なのにどの個体も飢えることなく、襲い襲われることなく穏やかに暮らしている。そんな夢のような光景に、出会ってしまったのよ……」

深く俯《うつむ》いてイェンナが言う。尽きせぬ後悔をその声に滲《にじ》ませて。

「彼らは何を食べていたと思う？　――土よ。表面の腐葉土を少し掘ると、その場所は黄色味

を帯びた不思議な土で満ちていたわ。動物たちはお腹《なか》が減るとそれを掘って食べていた。魔法生物もそれ以外も全てね」

「…………」

「怪しいでしょう？　そうよね、当時の私たちもそう思ったわ。けど——飛び付かずにはいられなかった。世界の変化に対してそれだけ焦《あせ》りがあったの。回帰不能点《ポイントオブノーリターン》を越える前に何としても手を打ちたかった。人権派の筆頭としての矜持《きょうじ》も、きっとあったんでしょうね……」

挟める言葉もないまま、オリバーは無言で耳を傾ける。絞り出すようにイェンナが続ける。

「サンプルを持ち帰ってからはとんとん拍子よ。私たちなりにあらゆる角度から分析しても、その物質に有害性は見て取れなかった。ただ異常なほどの栄養効率に舌を巻くばかりでね。未知の精霊によって生成されていると仮定した上で、私たちはその研究を世に発表した……」

「見苦しい言い訳になるが、異界に由来するものである可能性は真っ先に考慮した。が、その線引きは非常に難しいんだ。定期的に訪れる『渡り』はこの世界に影響を与え続けていて、既存の生態系もそれを取り込みながら徐々に変化している。その過程でこの世界に馴染《なじ》んでしまうと見分けは難しいし、異界由来のものだから有害と一概にも括れない……」

「判断に慎重を要することは私たちも分かっていた。だから、それを広く世界に仰いだわ。より多くの魔法使いに様々な角度から検証して欲しかった。発表から数年経《た》っても有害事象の報告はなくて、こちら側であらゆるパターンでの動物実験もやり尽くした頃に……」

イェンナの声が途切れる。カレルヴァが代わってその先を口にする。

「恐ろしい報告が届いた。……『土』を食べた普通人や亜人種の集団が、各地で一斉に凶暴化したと」

「……その段階で、すでに広域の人体実験を？」

「いいえ、許可していないわ。……けど、サンプルが広く行き渡ったことで管理が甘くなった。最初から異端の罠《わな》だったのよ。あの土がただ世に出回ればすぐに魔法使いが回収する。けど、専門家のお墨付きで流通すれば遥《はる》かに広く行き渡る。実際にはその一歩手前で事件が起こったわけだけど……それでも被害は決して少なくなかった。誰かが責任を取る必要があったわ」

そう言ってイェンナが瞼《まぶた》を閉じる。それが昨日のことであるように、重い疲弊を滲《にじ》ませてカレルヴァが続ける。

「……連合《ユニオン》での立場も発言権も失った。更なる責任を追及する声も後を絶たなかった。その頃を思えば、家が残っただけで僥倖《ぎょうこう》と言う他ない」

感情の失《う》せた顔でカレルヴァが呟《つぶや》く。イェンナがそこに補足する。

「これまでのアールトの功績と差し引きよ。……研究への投資は九割がた打ち切られて、付き合いのあった国外の家ともほとんど連絡を絶った。このビオトープだって規模は全盛期の五分の一にも満たない。湖水国《ファーンランド》の中で無難な研究をして過ごす以外、もう私たちには何ひとつ許されていないの。それでも破格の処遇と言わなきゃならないでしょうね」

オリバーも内心で頷《うなず》いた。この世界において、異端に手を貸したという事実はそれだけ重い。

「でも、カティには自由に生きて欲しかった。……目覚ましい成果なんて望まない。どこか自然の多い場所で優しい『村付き』にでもなってくれれば――そんな呆《あき》れるほど呑気《のんき》な未来を思い描いたりもした。あの子の器がそんな次元じゃないことは、すぐに分かってしまったけれど……」

自嘲を口に浮かべるイェンナ。その脳裏に過日の光景がよぎる。

「キンバリーへの入学を初めて口に出した時、私たちはもちろん反対したわ。何か月もかけて説得しようともした。けど――同時に分かってもいた。止めるべきじゃないって。困難の多い環境に自らを置いて自らを鍛える、それは私たちの若い頃とまったく同じ姿勢だもの。無理に阻《はば》んだところで情熱は消え去らないと、誰よりも知っていた。

人権派の学校に入れたところであの子は浮くわ。そもそも人権を重んじている学校は連合全《ユニオン》体を見渡しても少ないし、設備も教員の質も高いとは言えない。……校長からして傀儡《かいらい》のフェザーストンがいい例よね」

言いながら、ワインの入ったグラスに口を付けずテーブルへ置く。オリバーにも気持ちは察せられた。そうしなければ、ひと瓶丸ごと飲み干してもなお足りないのだろう。

「……加えて、微《かす》かな期待もあったわ。あの子がキンバリーで挫折してくれることへの。魔法使いのどうしようもなさを目の当《ま》たり《あ》にすれば――その現実に心から失望してくれれば、もっ

と穏やかな人生を選んでくれるかもしれない。そう思ったの」

「…………」

「けど、甘かった。……辛《つら》いことは数え切れずあったでしょう。それでもあの子は仲間を得て、ひとりの魔法使いとしてキンバリーで成長してしまった。むしろ逆風を受けた分だけ強くなって帰ってきた。それも最初の一日で分かったわ」

無言で耳を傾けるオリバー。その静かな顔を、イェンナが改めてじっと見つめる。

「入学式での馴《な》れ初《そ》めはカティが手紙で教えてくれた。……いい仲間よね、君たちは。全員がすごく強い絆《きずな》で結ばれているのが見て取れる。そのおかげで今の娘があることも。

特に、オリバー君。……手紙の中で、君の名前はいちばん出てくる頻度が高いわ。娘を天使に喩《たと》えてくれたそうね？」

「……あの時は、口を衝いて出ました」

もうずいぶん昔に思える出来事を思い出しながらオリバーが言う。イェンナが淡々と言葉を続ける。

「その頃からずっと、君の存在はカティの支えになっているのよ。……あの魔境で自分を理解して、肯定してくれる人間と出会った。入学して間もない時期のあの子にとって、それはどれほど心強かったことでしょう」

自分にとっても同じことだ、とオリバーは思う。キンバリーであんなにも優しい人間に出会

えた。その事実がどんなに心を救ったかと。

「あの子が昔と同じように笑っていられるのは君のおかげ。……だから、君に期待させてもらいたいの。親として恥知らずな振る舞いだと分かってはいるけれど」

カレルヴォが声を上げかける。それを片手で制してイェンナは喋《しゃべ》り続ける。

「カティを止めて頂戴、オリバー君。あの子がこの先も笑っていられるように、『こちら側』に留まってくれるように。……どんな形であってもいい。魔法使いとしての成果なんてひとつも望まない。だから……」

必死で訴えかける母親の瞳に、オリバーは胸が捩《ね》じ切《き》られるように痛む。いくつもの感情が胸の内でせめぎ合い――その苦悩の中で、あの一言を思い出す。

――ありがとう、オリバー。そんなあなたに出会えて、わたしは――

「胸中お察しします。が……ご期待には、おそらく沿いかねます」

葛藤の果て、視線を伏せてオリバーは答えた。息を呑《の》む夫妻へ、己の立場を伝える。

「俺の望みはカティを縛ることではなく、彼女の本来の在り方を守ることです。その進む先がどこであれ、思索を重ねた彼女が真にそれを願うのなら……俺は止める言葉を持ちません。きっとこの世の誰も。仮にそこに立ち塞がる時が来るとすれば、俺は杖《つえ》をもって臨むでしょう」

そう告げる他にない。望みに応じることは叶《かな》わず、偽ることも望まないのなら。

「……やっぱり、そうなのね」

予感があったように呟《つぶや》きながら、彼を見据えたイェンナが目を細める。

「君は良《い》い青年よ、オリバー君。心優しく思慮深く、いつも他者への敬意を忘れない。そんな子がキンバリーにいたことが奇跡に思えるくらい。

でも——同時に、どうしようもなく魔法使いだわ。……当たり前よね。普通の青年は、そんな奈落のような眼《め》をしていない」

言われたオリバーの口元に無意識の自嘲が浮かぶ。——ああ、そうか。今の自分は、傍《はた》から見るとそんな眼《め》をしているのか。

「君はカティを止めない。軽率な判断を戒めることはしても——あの子が熟慮の末に自ら一線を踏み越えると決めたのなら、その決断を肯定する。……いえ、するしかない。引き留められる立場にない。だって君自身がそういう生き物だから」

「…………」

「見送るだけならまだいいわ。むしろ、場合によっては背中を押すのかしら？　それが君の目、的、にとって追い風になるのなら、自分を慕う相手ですら——」

言葉を切ったイェンナが杖《つえ》を抜いて構える。その暴挙を見て取ったカレルヴォが立ち上がる。

「イェンナッ！」

「君をここで撃ち殺したいわ、オリバー君。……どんなにあの子に憎まれても、それが親の務めとすら思う」

杖《つえ》の先端を額に据えられて、それでもオリバーは座ったまま微動だにしない。その瞳でイェンナの背後を見据えて、彼はぽつりと呟《つぶや》く。

「下がれ、テレサ。……アールト夫人にその気はない」

「「――ッ⁉」」

夫妻が絶句する。両者にまったく気付かれないまま、忍んでいたテレサがイェンナの背中へ杖剣《じょうけん》を添えていた。主君に命じられたテレサが速やかに廊下の闇へと消え、アールト夫妻は呆然《ぼうぜん》と立ち尽くす。

「後輩が失礼しました。……しかし、あなたにもお分かりのはずです。俺を殺したくらいで、カティが変わらないことは」

残酷な事実を告げる言葉。それで糸が切れたように、イェンナが椅子にすとんと腰を落とす。

「……なぜ、こんな話をしなきゃならないのかしら。せっかく娘が連れてきてくれた友達に。……あの子の初恋の相手に……」

呆然《ぼうぜん》と呟《つぶや》くイェンナ。その両目からぼろぼろと涙が零《こぼ》れる。

「……普通の青年であってくれたら、どんなに良かったか……！」

妻を抱きしめながら、カレルヴォが懇願の視線をオリバーへ向ける。

「……済まない、オリバー君。謝罪には後日改めて場を設ける。今日のところは……」

「謝罪は無用です。詫《わ》びるべき筋など、あなたたちのどこにもない」

そう言い置いて席を立ち、目礼してラウンジを立ち去る。そのまま廊下へ出た彼の隣に、闇から現れたテレサがぴったりと寄り添って歩く。

「……我が君《マイロード》……」

「部屋に戻れ、テレサ。俺は少し外を歩く」

「お傍《そば》におります」

「聞こえなかったか。部屋に——」

「お傍《そば》に、おります」

重ねて命じようとテレサは譲らない。オリバーにはもう突き放せなかった。冷え切った心には、その意固地さが何よりも温かかったから。


翌朝。ダイニングでの朝食を終えて廊下に戻ったところで、カティがぽつりと口を開いた。

「……ねぇ、オリバー」

「ん？」

「変なこと訊《き》くけど、ごめんね。……きのう、何かあった？　パパとママと」

指摘にオリバーがぎくりとする。夫妻は平然を装《よそお》って振る舞っていたように見えたが、娘の目からは異変が見て取れたようだ。ボロを出さないように気を付けながら、彼は慎重に受け応

える。

「……何も。強いて言えば、夜中に誘われて一杯付き合わせてもらったぐらいかな。話が弾んで楽しかったよ」

「そう？　……じゃあ、気のせいかな」

カティの表情が明るくなる。幸いにも大きな違和感ではなかったようで、その場はそれで誤魔化せた。そのまま仲間たちと一緒に客間へ入っていく。

「……えー、こほん」

途端にカティが咳払《せきばら》いして注目を集める。長い躊躇《ため》らいの後、彼女は思い切って口を開いた。

「みんな、旅先で色々見て回って疲れたよね。……その労を労《ねぎら》うために、今日はとっておきの準備があります」

「ほう？」「なんだよ改まって」「妙な雰囲気だな」

何事かと窺《うかが》う仲間たち。その視線を受けながら、カティがこぶしを握り締めて俯《うつむ》く。

「……初めてだと、ものすごく恥ずかしいように感じるかもしれません。でも、それは気のせいで、実はまったく恥ずかしくはないのです。うん、恥ずかしくない。だってそういうものなんだから」

「カティ……？」

何を言いたいか分からず困惑するオリバー。そこでバッと顔を上げ、カティが決然とした顔

で告げる。

「――いっしょに外に来て」

目的が分からないまま家を出たオリバーたちは、そのままカティの案内で雪の上を歩いていった。

「――これは……」

やがて目の前に現れた煉瓦《れんが》造りのドームを全員が見上げる。中では火が焚《た》かれているようで煙突から白い煙が昇っていた。それが何かを最初に察したガイが口を開く。

「あぁ、分かるぜおれ。サウナだろ？　これも湖水国《ファーンランド》の発祥だったよな」

「ふむ？　もしや蒸《む》し風呂《ぶろ》にござるか？」

ピンときた様子でナナオも言う。カティが頷《うなず》きながらドームに隣接した簡素な建物の扉を開き、中を指さして告げた。

「ここが脱衣所。タオルと着替えは中に用意してあるから」

「？　これから入るのか？　だったら一度男女に分かれて」

「一緒です」

にっこりと笑ってカティが言う。一瞬意味が分からずその場の全員が硬直したが、ダメ押し

のように彼女は言葉を重ねた。

「もう一度言います、一緒です。それがわたしの国の伝統です」

「いや──ちょっと待て。本気か？　ここで全員マッパになれってか？」

「タオルはあるから大事な場所は隠せます。何も問題はありません」

「落ち着け、カティ。何かテンションがおかしい」

オリバーが慌てて友人を宥《なだ》める。思い詰めた面持ちでカティが俯《うつむ》き、ぽつりと口を開く。

「……ずっと決めてたの。親友が出来たら一緒にサウナ入ろうって」

その声の余りの迫力にオリバーが気圧《けお》される。ナナオとシェラが顔を見合わせてにっと笑う。

「拙者は一向に構い申さぬ」

「ええ。あたくしも」

そうしてふたりが迷わず服を脱ぎ始める。ガイが慌てて両目を手で覆った。

「わぁ！　ちょっと待て、脱ぐな脱ぐな！」

「今さら気にする程でもないでしょう？　それともあたくしの体が見るに堪えないとでも？」

「妙な詰め方をするなシェラ！　これは純粋に文化の問題で──」

「それ、オリバーも早う」

「わぁあっ！」

ナナオが半ば強引にオリバーの服をはぎ取る。流れに逆らえぬまま全員がタオル一枚の姿に

なり、すでに諦め顔のピートがため息交じりにぼやく。

「……何も女の日に言い出さなくても……」

「……変えられねぇのか、それ。ある程度まで調整出来るようにはなったんだろ？」

「急には無理だ。変化に数時間はかけないと……」

そんな言葉を交わしながら全員で渡り廊下を歩いてサウナに向かう。と、隣をちょこちょこと歩くテレサにオリバーが囁《ささや》く。

「……テレサ。君は付き合わなくてもいいぞ」

「いえ、ご一緒します。裸の間は無防備ですので」

タオルの下に杖《つえ》を忍ばせたテレサがそう答える。先を進むカティが明るい声で言う。

「心配しなくても、恥ずかしいのは最初だけだよ。――入っちゃえば、そんな余裕なくなるから」

サウナの扉を開けた瞬間、中から押し寄せた熱風にオリバーたちは圧倒された。

「――うぉ――」「……熱ッ……！」

「はい、好みの場所に座って。上段ほど熱いから注意してね。マルコはこっちに座れるよ」

カティが手早く案内して全員を座らせる。ガイと並んで中段に座ったオリバーが肌を炙《あぶ》る熱

気に唸《うな》る。

「……カティ。俺は詳しくないから判断し辛《づら》いが……これは、かなり熱いんじゃないか……？」

「まだまだ。体感はもっと上がるよ」

そう言いながら、カティは石が山と積まれた炉に柄杓《ひしゃく》で水をかける。じゅうう、という音と共に真っ白な湯気が上がる。

「窯で熱した石に香り水をかけて、その湯気で室内を満たす。これで熱の伝わりが良くなってさらに温まるの。いい匂いでしょ？」

「……匂いはいいけどよ。温度が……」

「……もう汗が出てきたぞ……」

肌に滲《にじ》み始めた汗を眺めてピートが言う。最上段にカティが座り直す。

「これでいいの。……魔法使いの体は強いから、多少の熱さだと刺激が足りなくて決まらない。胸がドクドクいって、頭がぼうっとするくらいまで、追い込むのが大事……」

「それは……何かの段取り、なのですか……？」

「そう。……サウナは前座なの。本番は、この後……」

じりじりと体を熱していく八人。肌に浮いた汗の粒が雫《しずく》になって流れ落ちる。

「苦しいと思うけど、わたしがいいって言うまで耐えてみて。——後悔はさせないから」

その言葉を信じて耐えるオリバーたち。オーブンで焼かれるパンの気持ちを味わいながら、彼らはじっと時が過ぎるのを待つ。

「……まだかよ、カティ……もう結構きちぃぞ……」

「……まだ、もう少し……半端《はんぱ》で出るともったいないから……」

「……ふふ……懐《なつ》かしくござるな……拙者も昔、こうして風呂《ふろ》で祖父と我慢比べを……」

「日の本《ヤマツ》は温泉が多いと聞きますわね……。……それにしても、これは……」

全身から滲《にじ》み出して零《こぼ》れ落《お》ちた汗が八人の足元に水溜《みずた》まりを作っていく。さすがに危険を感じたオリバーが口を開く。

「……カティ、さすがに限界だ！　これ以上は体が……！」

「もう少しだけ！　ラスト三十秒！」

最後の最後まで粘るカティ。やがて意を決して立ち上がる。

「よし――出よう！　みんな、付いて来て！」

早足にサウナを飛び出したカティの後を全員が追う。雪の上を裸足《はだし》で進んでいく中、ピートが困惑を顔に浮かべて問う。

「な、なんだ……出たら終わりじゃないのか……？」

「むしろここからが本番。――はい、飛び込んで」

目の前の広がる大きな池を指して事も無げにカティが言う。表面が凍結して雪が積もったそ

の光景と彼女の指示を比べて、ガイが目を丸くする。

「……氷が張った池に？　あんだけ体炙《あぶ》った直後で？　……冗談だろ……？」

「本気。──こうやって！」

先陣を切って飛び込むカティ。彼女が体で氷をぶち割ると同時に冷水が跳ね上がり、残る面々は思わずたじろぐ。

「お、おい、カティ……！」「大丈夫か⁉」

「ぷはっ──みんなも急いで！　足は着くから！　体が冷めちゃう前に、さぁ！」

すでに散々体を炙《あぶ》った後であり、そう言われれば今さら後には引けない。カティの勢いに乗せられて破れかぶれで池へ飛び込むオリバーたち。次々と冷水に身を委ねた彼らが悲鳴を上げる。

「ぐぉぉっ……！」「つ、冷たっ──！」

「動くともっと冷たいよ！　肩まで浸《つ》かったらじっと我慢！」

言われるまま耐えるオリバーたち。するとカティの言う通り、体の表面の水が体温で温まってきたことで冷たさが少し緩和した。一息つきかける彼らだが、最後に池へ入ってきたマルコが意図せず冷水を大きくかき混ぜる。

「うおおお！　水が動くとまた冷てぇ！」

「ウ、ごめん。そっと入ったつもりだった」

「オリバー、見られよ。魚がござったぞ」

「潜って捕まえたのか⁉　逃がしてやれ、寒いから動きが鈍ってるんだ！」

ナナオが両腕に抱えた魚を逃がさせつつ、オリバーが隣のテレサへ目を向ける。

「テレサ、君は先に出ろ。体が小さいと熱が逃げるのも――」

「……あの女より先には、出ません……」

「どこで何を張り合ってるんだ⁉」

オリバーの勧めを跳ねのけてテレサが意地を張る。全員が冷たさに耐え続け、やがて二分ほどの冷却を経てカティが池から上がる。

「よし――戻ろう！　またサウナ入るよ！」

「な――まさか、繰り返すのか？　これを……」

「そう！　サウナと水風呂《みずぶろ》をワンセットで三周！」

「これを三回……！　予想以上に荒行ですわね……！」

覚悟も新たに、そうして八人はサウナと池の往復を繰り返した。日常では有り得ない温度差にさんざん身を晒《さら》した上で、最後の冷却から上がったカティが全員に向けて声を上げる。

「――よし、終わり！　みんな頑張ったね！　そこの休憩所に入って休んで！」

快適な温度に保たれた休憩所で全員が寝椅子に横たわる。オリバーたちがたまらず安堵《あんど》の息をつく。

「――ひぃ……死ぬかと思ったぜ」

「……同感だけど……なんか、不思議な感覚だ。頭が妙に――すっきり、して――？」

ピートの言葉がそこで途切れ、目をゆるく見開いた状態で動きを止める。その様子を不思議に思ったガイが声をかける。

「……ピート？　おい、ピート？」

「ピートから来たみたいだね。――みんな、力を抜いて目を閉じて。何もしなくていいんだよ。ただ、やって来る感覚に身を委ねて」

穏やかな声でカティが促す。そうして、未知の感覚が彼らを包み込んだ。

「――むぉ――」「――ッ――！」

意味を成さない声がそれぞれの口から上がる。全員が「そこ」に入ったことを横目で見て取り、カティが微笑《ほほえ》む。

「全員分かったかな。――それを感じて欲しかったの。どう、すごいでしょ？」

「………ああ。すごい……」

呆然《ぼうぜん》と呟《つぶや》くオリバー。

「……カティ。これを伝えたかったのですね、あなたは……」

「……うん……感じて欲しかった。絶対に、みんな一緒で……」

「……納得したぜ。実感しなきゃ分かんねぇな、これ……」

心地好さの中で言葉を交わす八人。やがてカティが寝椅子の上で身を起こす。

「……落ち着いたかな。いちばんすごい時間は過ぎたけど――気分がいいでしょ？」

「……ああ、生まれ変わったような清々《すがすが》しさだ」

「マルコ。あなたも同じ感覚でしたか？」

「ウ、みんなと同じか分からない。けど、気持ちよかった」

大きな寝椅子を軋《きし》ませて頷《うなず》くマルコ。一方で、窓の外にさっきまで入っていたサウナを眺めながらガイが唸《うな》る。

「秘密基地にも欲しいよなこれ。部屋温めるだけなら難しくはねぇか？」

「あったら嬉《うれ》しいけど、ここほどは効かないと思うよ。温度だけじゃなくて他にも色んな条件があるんだ。水の質とか、空気の匂いとか、外から差し込む日差しとか……」

しみじみと語るカティの言葉に、おそらくその通りなのだろうとオリバーも思う。今日という日、この場にこの面子《めんつ》が揃《そろ》っていたからこそ生じ得た。あれはそういう類の奇跡なのだろうと。

「わたしはここが世界でいちばん気持ちいいサウナだって思ってる。だから、わたしがみんなにお返し出来るのもこれでぜんぶ。……満足してもらえたかな？」

「堪能《たんのう》し申した。素敵な場所でござるな、カティの故郷は」

ナナオが全員を代表して感想を口にする。同時に、カティの肩からふっと力が抜ける。

「そっか。……はぁ、安心した」

寝椅子に仰向けになったまま、深い安堵《あんど》を顔に浮かべて目を閉じるカティ。その姿を眺めていたシェラが静かに寝椅子から立ち上がりかけ、それを視界の端に捉えたオリバーが釘《くぎ》を刺す。

「シェラ。感極まってるのは分かるが、片っ端から抱き着くのは服を着てからにしてくれ。これだけは断固としてだ」

「む、先手を……。やりますわねオリバー」

「フリーハグの条件に『服を着てたら』なんてあったか？」

「ピート、おまえまで悪乗りすんな！　裸で追いかけっこする羽目になんぞ！」

ガイが大慌てで叫ぶ。服を着ることも忘れて、そうして彼らは裸にタオル一枚でじゃれ合うのだった。


その日の深夜。娘たちが寝静まった後のがらんとしたリビングにて、ひとりワインのグラスを傾けていたイェンナに、そこを訪れた夫が声をかけた。

「……もう寝たのか？　あの子たちは」

「ええ、遊び疲れてぐっすり。いちおう男女で分けたのに、みんな仲良く同じ部屋で」

カレルヴォの問いに苦笑してイェンナが頷《うなず》く。――オリバーの存在に劣らず、彼女にとって

何よりも予想外だったのはそこだ。キンバリーという場所で、娘があんなにも友人に恵まれるとは思いもしなかった。誰にも理解されずに孤独な時間を送りはしないか、そう想像したことも数え切れない。その意味で彼らには感謝してもし切れない程だ。なのに、

「……ずっとあのままでいてくれたら。他には何も、望むことなんてないのに……」

どうしてその願いだけが叶《かな》わないのか。グラスを握りしめて嗚咽《おえつ》するイェンナに寄り添い、カルルヴォは無言で彼女を抱き締めた。

同じ頃。水を飲みに起きたマルコは、思いがけず廊下で同じトロールに出くわしていた。

「……ン？」

パトロが仕草で付いて来るように示して身をひるがえし、マルコが戸惑いがちに後に続く。

「……一緒に行っていいのか、おれ」

無言のまま渡り廊下を抜けてビオトープへと至るふたり。広い空間の一角に設けられた談話スペースにはトロール用の大型椅子が二脚あり、彼らはそこに差し向かいで腰を下ろす。パトロが水差しからジョッキに注いだ炭酸抜きのリンゴ水を差し出し、マルコもそれを受け取った。

——すまなかった。最初から、お前が悪い奴《やつ》じゃないのは分かってた。

パトロに言葉は喋《しゃべ》れない。だが、同族の意図はマルコに伝わる。今までの振る舞いへの詫《わ》び

と、それを埋め合わせる交流の意志が確かに相手にあることが。

——でも、怖かった。同じ仲間の口から人の言葉が出てきたことが、なぜか堪《たま》らなく怖かった。理由は自分でも分からない。ただただ、背筋が震えるほど怖かったんだ。

内心を率直に打ち明けたパトロに、マルコがふっと微笑《ほほえ》んで首を横に振る。

——気にするな。立場が逆だったら、きっとおれも同じように感じた。

そうして思う。無意識に深く考えることを避けてきた、人の言葉を話すようになってからの自分の変化を。

——最近は、頭で考える時にも人の言葉を使ってる。そんな自分を少しずつ変に思わなくなってきてる。……おれはもう、元とは違う生き物なのかもしれない。

吐露と共に訪れる静寂。マルコの前でジョッキの中身を干すと同時に、パトロが静かに歌い出す。

「——FOO～……WOO～……」

その響きの堪《たま》らない懐《なつ》かしさが胸を打ち、気付けばマルコも声を重ねていた。同族と歌を共にすることなど、いったい何年振りだろう。

「……WOO～……RUU～……」

邪魔するものは何もなかった。ふたりのトロールの間に、そうして穏やかな時が流れていった。

「……ん……」

鳥の鳴き声を目覚ましに迎えた明け方。オリバーが瞼《まぶた》を開くと、目と鼻の先に少女の黒い瞳があった。

「……ずっとそうしていたのか、テレサ」

「はい。一向に飽きませんので」

小一時間も寝顔を見つめていたテレサがそう答える。予想通りの返答に苦笑してベッドの上で身を起こし、オリバーは部屋の中を見渡した。五つのベッドに七人がぎゅうぎゅう詰めで寝そべり、すぐ傍《かたわ》らのマットではマルコが寝息を立てている。微笑《ほほえ》みが零《こぼ》れるような光景だった。

起きているのが自分たちだけだと確認した上で、オリバーはテレサに向き直る。

「……いいものがある。少し、外に出ようか」


テレサと連れ立って外に出て開けた場所を見繕うと、オリバーは周囲の枯れ木を適当に集めて呪文で火を起こす。荷物から持ち出した金属製の水筒の蓋を開け、その底を炎で炙《あぶ》る。徐々に甘い香りが漂ってきて、テレサがひくひくと鼻を動かす。

「……これは？」

「大したものじゃない。が、寒いところで飲んだら美味《うま》いだろうと思ってな」

頃合いを見て取ったオリバーが、水筒の中身のとろりとした褐色の液体を木製のカップに注ぎ入れて差し出す。受け取ったそれにふぅふぅと息を吹きかけて口に運ぶと、たちまちテレサの両目が見開いた。

「……！」

「染《し》みるだろう？　ありふれたホットチョコレートも、ここだとご馳走《ちそう》に化ける」

オリバーが微笑《ほほえ》んで自分の分に口を付ける。少女が甘いものを好むと知って用意した小さなサプライズだった。こんなにも打ってつけの場所に出会えるとは夢にも思わなかったが。

そうして視線を横へ移す。小高い場所にあるアールトの屋敷《やしき》から見下ろす、黎明《れいめい》を受けて輝く雪化粧の森林。息を呑《の》むほどに雄大なその光景を、隣の少女と共有する。

「……これを見せたかった。こういう美しい景色が世界には沢山あることを。あの薄暗い校舎が世界の全てではないことを」

しばらく景色を見つめた後、ぽつりとそう告げる。同時に表情を険しくして、オリバーはテレサへと向き直る。

「だが――次の質問の答えによって、その意味合いは変わってくる。……どうか偽らず答えてくれ、テレサ」

「誓って」

ホットチョコレートを飲み干したテレサが即答する。その瞳をまっすぐ見つめて、オリバーは確信の問いを投げる。

「――君はあと、どれだけ生きられる？」

逡巡《しゅんじゅん》はなかった。主君の心境とは裏腹な微笑《ほほえ》みを浮かべて、テレサは晴れやかに答えた。

「――あなたと似たり寄ったりです。我が君《マイロード》」

最悪の返答がオリバーの胸を貫く。驚きはなかった。そうであって欲しくないと願いながら、彼もまたその答えを予想していた。

「究極の静寂とは、死です。私の隠形は己をそれに近付けることで成立しております。技術ではなく存在のレベルから。……あの半霊と同じで、生まれながらに半ば幽霊のようなもの」

「……リヴァーモア先輩の半霊は、もっと長く生きられると聞いている」

「ええ。ですから、私のほうが出来が悪いのでしょう。もとより限りなく成算の薄い実験の産物だったようですから。こうしてお傍《そば》にいられること自体、得難《えがた》い幸運であるのかと」

自らの宿命を淡々と語る言葉。とうの昔に彼女自身はそれを受け入れていると知りながら、オリバーがぎり、と歯を噛《か》みしめる。

「……どうしようもないのか、それは」

「限りなく。仮に解決へ挑むとしても、それはあの『屍《しかばね》拾い』が向き合ったそれに等しい難

行となるでしょう。故に、どうか速やかにお忘れを。私に負けず劣らず、あなたにも余事へ割く時間はないのですから」

諭すようにテレサが口にするそれは、オリバーにとってどこまでも残酷な事実。すでに非才の身には過ぎる大望を抱えている自分に、解決の糸口すら見えない難題を重ねて背負う余裕があるはずもない。

「…………………………分かった」

だから、今を以《もっ》て未練を断つ。手遅れになる前に、せめてこの少女だけは戦場から解き放ちたいと――あらゆる意味において偽善でしかなかったその願いを跡形もなく握り潰す。余命数年の少女を外界へ放り出して「自由にした」と宣《のたま》えるほど、自分は恥知らずではない。

「……君をこの旅行に連れて来たのは、日頃の労をねぎらうためだ。この先の戦いはさらに厳しくなる。あるいはこれが最後のまとまった休息になるだろう」

「はい」

背負うと決めた。彼女の生も死も、その思慕も、全てを自分の罪として受け入れると。そうなればもはや、従者に向かって告げるべき言葉はひとつきり。

「俺の傍《そば》で働け、テレサ。……君が終わりを迎えるその瞬間まで」

「喜んで」

即答したテレサがその場に跪《ひざまず》く。忠誠を誓う沈黙を経て、彼女はそっと面を上げる。

「代わりに、ひとつだけ求めがございます」

「なんだ？」

「接吻《キス》をしていただけますか。……頰ではなく、ここに」

自分の唇を指して遠慮がちにテレサが言う。オリバーも無言でその肩を抱いた。――断れる道理がない。自分に人生を捧《ささ》げる彼女には、あらゆる代価を求める資格がある。

「……ん……」

重ねた唇はチョコレートの味がした。それでも打ち消しきれないほどに、苦いキスだった。


やがて迎えた出発の時間。予想に違わず、カティは両親とパトロに抱き着いて号泣していた。

「……うぇぇぇぇぇ……！」

過ぎ去ってしまえば余りにも短かった家族の団欒《だんらん》。自分たちも涙ぐみながら、そんな娘を両親が懸命に宥《なだ》める。

「私たちも寂しいよ。……でも、そろそろ泣き止《なや》みなさい。出発すると言ってからもう一時間もこうしている」

「……そうね。それに、あなたにはもうひとつ仕事があるでしょう？」

母の言葉に優しく背中を押されて、辛《かろ》うじて泣き止《なや》んだカティが涙を拭う。

「ぐすっ——うん、分かってる。……みんな。港に行く前に、ひとつ寄り道させて」

「ああ」「気にすんな。船の時間にゃ余裕がある」

寄る場所がどこかはオリバーたちも察している。その配慮に感謝しながら、カティがこちらも旅支度を済ませたマルコへと手を伸ばす。

「行こっか。マルコ」

「……ウ」


カレルヴォの操る橇《そり》に乗った一行が雪原をしばらく進むと、そこには人のそれとは異なる、しかし穏やかな集落の光景が広がっていた。

「——ここは……」

煮炊きの手を止めて来客に顔を向けるトロールたちとオリバーの視線が合う。彼らに手を振って挨拶しながら、カティが口を開く。

「ウチからいちばん近い場所にあるトロールの集落。最近だと珍しい平地開放型なんだ。ここ一帯はアールトが保有する土地だから人に目を付けられる心配もない。……たぶん、今の世界でいちばん安全なトロールの居場所だと思う」

そう説明した上で、彼女は傍《かたわ》らのマルコに向き直る。

「マルコ。あなたが望むなら、ここで暮らすことが出来る。キンバリーには文句を言われるだろうけど、実験中の事故で死んじゃったとか、こっちで言い訳はいくらでも用意できるから。わたしとは離れ離れになっちゃうけど、たまには会いに来られるし……ここのトロールはみんな優しいよ」

「…………」

同胞たちの姿を眺めてマルコが立ち尽くす。彼にとって、それは目の前に現れた救いそのものだ。

「わたしは魔法使いだから、キンバリーに戻らなくちゃならない。でも、あなたが付き合う必要はないの。あんな怖い場所には二度と立ち入らなくていい。……ここなら普通のトロールとして穏やかに暮らしていける。あなたが失ったものを、少しでも取り戻せるんだよ」

葛藤の全てを押し殺してカティが言う。やがてその眼前で、マルコが集落へと一歩を踏み出した。

「……ッ……」

ぐっと唇を噛《か》んで気持ちを抑えるカティ。が――二歩を刻むことなく、マルコが足を止める。

「……カティがソウシてクれルの、オれモ知ってテた。実ハ最初から期待もシてタ。この子は優シい。付イて行ケば、イつカおレを外ニ戻しテくレるカもッて」

そうして語り始める。この瞬間まで積み重ねた彼の苦悩と、その結論を。

「でモ——今日までデ、たクさン考えタ。キンバリーで見タこト、旅の途中デ見たコと、長ト話しタこト。見方を変エて、何度モ何度モ……」

いくつもの光景が頭をよぎる。やがてカティたちに向き直り、マルコが告げる。

「ソれデ思っタ。——おレにハ何か、役割ガあル」

そう言ってカティのほうへと歩み戻り。彼女の目の前で、マルコが雪原に片膝を突いた。

「きミの傍《そば》デそレを見ツけタい。連レてッてクれ、カティ」

その求めを受けて身を震わせ、こぶしを固く握り締めてカティが俯《うつむ》く。

「……本当に、いいの？　よく考えて。あそこに……キンバリーに戻るんだよ？」

「おレだケじゃなイ。カティも、テレサも、ミんナも一緒。怖クなイ」

「……今度こそ死んじゃうかもしれないんだよ⁉　わたしだっていつまで無事でいるか分からない！」

涙を滲《にじ》ませてカティが叫ぶ。そこでマルコが少し思案し、ふとシェラへと目を向ける。

「——シェラ。帽子、返しテくレ」

「？　え、ええ。もちろん」

言われたシェラが、荷物に圧縮して入れてあった鍔《つば》付きの帽子をマルコへ手渡す。それを頭に被《かぶ》ったマルコが、にっと微笑《ほほえ》んで言う。

「ドうダ、カティ。——こンなニ帽子が似合うトロール、他ニいルと思ウか？」

思いも寄らない彼の発言に、オリバーたちがぽかんと立ち尽くした。

「……マルコが……」「……冗談を、言った……」

優しい微笑《ほほえ》みを前に、カティが泣き笑いの表情で涙を拭う。彼の気持ちと決意を、カティは確かに受け止めた。

「…………いないね。うん、絶対いない」

「ダろウ。なラ、田舎に引ッ込ムのハ勿体《もったい》なイ」

「……ふふっ。そうだね」

カティがそっとマルコの手を取る。太い指をぎゅっと握り、そうして仲間たちに向き直る。

「行こう、みんな。……マルコは、ちゃんと決めてる」

「——ああ」「承知致した」「よろしく頼むぜ、今後とも」

それぞれの言葉で友人の決断を喜ぶオリバーたち。そこでテレサがマルコの肩に飛び乗り、その耳元で囁《ささや》く。

「……ここでお別れかと思いました」

「ウ。ごめんな、テレサ」

それでこの場所での用件は済み、カレルヴォの駆る橇《そり》に乗り込んで、彼らは全員でトロールの集落を後にする。最後にマルコが横目で遠ざかる同胞たちの暮らしを眺め、

「……サよナら」

小さくそう口にして、もう振り返ることはなかった。

第三章

胎動《サイン》

Seven Swords
Dominate

里帰り先が国外なのはカティだけなので、彼女の実家を出た後は旅の折返しとなる。とはいえまっすぐ大英魔法国《イエルグランド》に戻るわけではなく、途中にいくつか寄り道があった。

「――ああ、うん、分かるで。なーんも言わんでも分かるで」

陽光の下に賑わう靴国《ユタリ》の港でオリバーたちを出迎えるなり、彼らの発言を制してトゥリオ＝ロッシが口を開いた。なぜか憐《あわ》れむような視線で一行を眺めた上で、彼は言う。

「……寂しかったやろ？　旅の間、ずっとボクがおらんくて」

「美術館は今日の内に回れそうだな」「その前にちょっと腹減らねぇ？」

「めげへんでー。初手で華麗にシカトされたくらいでボクめげへんでー」

ガイとピートのつれない反応にもめげずにロッシが笑う。オリバーが前へ出てそんな彼と向き合う。

「出迎えありがとうロッシ。まさか本当に来てくれるとは思わなかった。こっちの社交辞令を真に受けるなんて、君は本当に親切だな」

「構わんで、根の明るい靴人《ユタリア》は細かいこと気にせんのや。寒く暗くてじめじめした土地でひん曲がった英人《イエルグ》の性根、ここの陽気でじっくり直してくとええわ」

互いに皮肉を応酬し合って握手を交わす。その様子を見たカティが首をかしげた。

「……オリバー、なんかいつもと違うね？」

「いきなり皮肉から入るのって珍しいよな。相手がロッシだから気ぃ抜いてんのか？」

「……いいえ。むしろ極めて丁寧な振る舞いですわ」

シェラが首を横に振る。きょとんとする友人たちへ、彼女は真顔で解説を添えた。

「親しい相手ほど互いに貶《けな》し合う――そのようなやや屈折したコミュニケーション面の伝統が大英魔法国《イエルグランド》にあることは知っているでしょう。キンバリーの先輩方を見ても分かるように、皮肉の応酬は時に親愛の表現ですら有り得ます」

「それはわたしも分かるけど……。オリバーはあんまりそういうタイプじゃないよね？」

「ええ、だから合わせているのです。……Mr《ミスター》．ロッシをごらんなさい」

オーダーメイドと思《おぼ》しきコートに派手な柄のシャツで洒落《しゃれ》っ気《け》たっぷりに装《よそお》った姿を指してシェラが言う。似合っているのは間違いないが、だからこそ普段の三割増しで胡散臭《うさんくさ》い。

「服装から髪型まで一分の隙もなく――いえ、適度な抜け感まで網羅した上で靴人《ユタリア》の伊達《だて》男を気取っています。その姿を見た瞬間にオリバーも判断したのでしょう。ここでは自分もまた、あえて典型的な英国紳士として振る舞うべきだと！」

シェラが喝破する。その分析を裏付けるように当のふたりの会話は続く。

「聞いたよ、最近は靴人《ユタリア》も三行以上の文章を読めるようになったと。よければ本屋に案内して

くれないか。アルノーの『美と恥と』なら全二百巻くらいには収まっているのかな？」

「安心してや、頭でっかちのキミらのためにしっかり単巻で売っとるわ。そもそも詩なんて頭に収めてナンボと思わん？　口説くときに耳元で囁《ささや》くもんやろ。キミらはいちいち本広げながらやるから大変やなぁ」

湯水のように皮肉をぶつけ合うふたり。その捻《ひね》くれた光景を前にして、カティとガイが眉根を寄せて腕を組む。

「……つまり、あれは……」

「……すごく仲良しってことかな、たぶん」


港を出て市街地に入ったところで、オリバーは肩の力を抜いてふぅと息を吐いた。

「──改めて、港まで出迎えありがとうロッシ。……さすがに元に戻すぞ。あの調子をずっと続けるのはいくらなんでも疲れる」

「なはは、ご苦労さん。キミなら乗ってくれるて思うてたわ。民族ジョークは魔法コメディの基礎教養やもんなぁ」

ロッシがからからと笑う。オリバーもまた、暗黙の求めが理解できるほど相手を理解してしまっている自分に苦笑した。キンバリーで過ごす三年はつくづく濃い。時には水と油ですら混

じってしまう程に。

「で、何が見たいんや？　名所の案内はひと通り出来るから安心してや。靴国《ユタリ》の男はみーんな女の子連れ回してるうちに覚えるんやで」

「……そうやって誇張するせいで印象が実態から離れるんだぞ」

「その通りですわ。内向的で誠実な男性だって靴国《ユタリ》にはいるのでしょう？」

ピートとシェラが偏見を指摘する。それを聞いたロッシが肩をすくめて口笛を吹いた。

「いるにはいるで。ボクの兄ちゃんとかそうやなぁ。久しぶりに会ったけど話合わな過ぎて笑えたわ」

「お互い様だ、馬鹿弟」

その頃合いで真後ろから声が響く。一行が振り向くと、小さな丸眼鏡をかけた長身で真面目そうな、しかしどことなくロッシの面影を持つ若い男性がそこにいた。ロッシが目を丸くしてたじろぐ。

「兄ちゃん？　ちょ、なんでここおるねん。仕事のはずやろ今日」

「無理を言って抜けてきた。今この瞬間もお前に家名を汚されていると思うと気が気でなくてな」

その会話で話に出た当人らしいと分かり、オリバーたちも慌てて挨拶に回った。

「初めまして。ロッシの……いえ、Mr.《ミスター》トゥリオの兄君で？」

「ダリオ＝ロッシだ。出しゃばった振る舞いを謝罪する、キンバリー生の諸君。が――さすがに愚弟ひとりに対応は任せられん。どうか分かって欲しい。こいつは断じてロッシ家の代表ではなく、むしろ恥部であるのだと」

「なんでや！　名門に進んだ自慢の弟やろ！」

ロッシが地団太を踏んで抗議する。それを無視してダリオが言葉を続けた。

「あくまで挨拶に伺っただけだ、長居はしない。……ささやかながら、私を通してこの街での観光には便宜を図っておいた。どこを見て回るにも気兼ねなく楽しんでもらいたい」

「それは……恐縮ですわ。気を遣わせてしまって」

おそらくは自分の家名がその理由の筆頭であろうと察して、シェラが申し訳なさを顔に浮かべる。ダリオが真顔で首を横に振った。

「とんでもない、些少《さしょう》すぎて逆に気が引けるくらいだ。キンバリーでこいつがどんな無礼を働いているか想像すると……」

「なんで恥晒《さら》してる前提やねん！　舐《な》めたらあかんで兄ちゃん、ボクかて家名背負ってしっかりノシてるわ！」

「そこのMr《ミスター》．ホーンに連戦連敗と訊《き》いたが？」

「あー聴こえへん。なんも聴こえへん」

両耳を手で押さえたロッシがそっぽを向く。その態度に苦笑しながら、ダリオがオリバーた

ちへ向き直る。

「困った弟だが、君たちを歓迎したい気持ちだけは確かなようだ。……迷惑をかけるが、よろしく頼む」

「こちらこそ。過分のご厚情痛み入ります」

オリバーが丁重に礼を述べる。それを受け取ると、長居はしないと言った通りにダリオはあっさり去っていった。思わぬ横槍《よこやり》を受けたロッシが唇を尖《とが》らせてぼやく。

「あーもー、派手に出鼻挫《くじ》かれたわぁ。気分悪いから帰ってもええかな」

「まぁまぁスネんなよロッシ。見てて楽しかったぜ今の」

「良《い》い兄君ではありませんの。あなたが安心させて差し上げれば良いのですわ」

「そうそう。だから、女の子に声をかける時は同時にひとりまでにね？」

「なんで説教始まってんねん！　帰る！　ボク帰るわもー！」

逃げ出そうとするロッシの襟首をオリバーが摑《つか》んで止める。今までとはまた違った賑《にぎ》やかさでもって、一行の靴国《ユタリ》観光は続けられた。

有名観光地をいくつか巡って食事を共にした後、名残惜しくも乗船の時間が訪れた。

「ほななー。次来る時はまた言ってやー」

オリバーたちを乗せて水路を進んでいく船を、ロッシが港から手を振って見送る。彼が去るまで手を振り返してから、オリバーは微笑《ほほえ》んで仲間たちに向き直った。――ここからは寄り道せず、まっすぐ大英魔法国《イエルグランド》に戻る段取りだ。

「……連合《ユニオン》巡りもここまでか」

「寂しいですわね。けれど、また来れば良いのですわ。この先何度でも機会はありますもの」

「だな。その気になりゃ週末に箒《ほうき》で行って帰ることだって出来るぜ？」

「ガイ。海の上で魔力が切れた箒《ほうき》乗りの話があってだな」

友人の軽口に忠告を挟み、それからオリバーはシェラへと顔を向ける。

「気持ちを切り替えて、ここからは大英魔法国《イエルグランド》内で各自の実家巡りだな。最初はシェラの家だが――」

「ええ。歓迎の準備は出来ているはずですが、やはり少々不安ですわね。果たしてあなたたちに楽しんでもらえる場所かどうか……」

「それ以前に玄関に上げてもらえるかが心配だぜ……。一応いちばん上等な一張羅持ってきたけどよ」

「ああ、それは大丈夫ですわ。問題があればすぐに一から仕立てさせますから」

「それはそれで怖いよ、シェラ……」「やはり屋敷《やしき》もぐるぐる巻きなのでござろうか」

カティとナナオがそれぞれの想像を頭に浮かべる。そこでオリバーがひとつ懸念《けねん》を口にする。

「……予定があって来られないとは聞いているものの、それでもセオドール先生が待ち構えている気がしてならない。サプライズが好きだろう？　あの人は」

「ああ、それは本当に大丈夫ですわ。父払いに打ってつけの方が来ていますから」

耳慣れない単語にオリバーが目を丸くする。あえて説明は加えず、シェラは意味深に微笑《ほほえ》んだ。


行きと同じ大英魔法国《イエルグランド》南部の港で船を降り、そこからまた連結船へと乗り継ぐ。それも降りると徒歩での移動となったが、両脇に民家が点在する舗装された道を三十分ほど進んだところで、ガイが首をかしげた。

「……けっこう進んだよな。まだなのか？　おまえん家」

「難しい質問ですわね。マクファーレンの敷地《しきち》という意味ではもうだいぶ前に入っていますが」

何気ない口調でシェラが言う。一瞬ぽかんとした後、ガイがぎょっとして周りを見渡す。

「……!?　敷地《しきち》って、ここ全部か!?　普通に民家っぽいのあるぞ!?」

「邸内で必要になる人材は沢山いますもの。住まわせれば軽く町くらいの規模にはなりますわ。とりわけマクファーレンは大半を自前で賄う方針ですから」

想像を越える「実家」の規模に絶句するオリバーたち。と、その間にも通りがかった人々が次々と彼らに挨拶してくる。

「これはこれは。お帰りなさいませ、ミシェーラ様」

「またいちだんとお綺麗《きれい》になりまして。ふふ、お急ぎになりませんと、お館様が耳を長くしてお待ちですわよ」

普通人たちの挨拶に手を振って応えるシェラ。それを見たナナオが納得したように腕を組んだ。

「――成程。合点が行き申した」

「ナナオ？」

「何やら空気に覚えがあると思ってござったが――城下町でござるな、これは。名君の治世を受けた民の暮らしぶりと見受け申した。自然、民草がシェラ殿へ向ける視線も姫君へのそれに近しいのでござろう」

「どうでしょうか。姫というのはさすがに大袈裟《おおげさ》ですけれど」

大仰な喩《たと》えにシェラが苦笑する。やがてひときわ大きな屋敷《やしき》の前に辿《たど》り着《つ》くと、使用人と思《おぼ》しき正装の男性が出迎える。

「お帰りなさいませ、ミシェーラお嬢様。――中でご友人方としばしお待ちを」

速やかに屋敷《やしき》の中に案内されるオリバーたち。広い部屋の中でソファに座りながら、オリババ

ーが周りの様子を窺《うかが》う。

「……ゲストハウス、だろうか？　ここは」

「面白い冗談ですわねオリバー。見ての通りただの待合室ですわよ」

「いやいやいや。ここでもうおれの実家より広ぇぞ」

「ねぇシェラ、正直に答えて。わたしの実家どう見えてた……？」

カティが震え声で尋ねる。そうして少し待つと先ほどの使用人が再び現れ、シェラに向かって目礼した。それで彼女が立ち上がる。

「通されましたわね。――皆、今のうちに心構えを願えますか。母は少々……いえ、かなり独特な方ですから」


「待合室」を裏から出て長い渡り廊下を進むと、その先では城と見紛《みまが》うばかりの壮麗な建築が彼らを待ち受けていた。中へ入って通路を奥へ進み大きな扉の前に来たところで、ふと独特の香りがオリバーたちの鼻を掠《かす》める。

「……これは……」「……煙草《たばこ》の匂い……？」

シェラのノックに応じて入室を促す声が響く。オリバーたちが頷《うなず》き合って扉を押し開き、

「――帰ったか、娘」

部屋の奥。重厚な執務机の向こうに、ひとりのエルフの女性が葉巻を手にして座っていた。肌の色はシェラよりもさらに濃く、彼女と共通する金の縦巻き髪《ロールヘア》に加えて、スーツの上に肩掛けで羽織ったコートが支配者の威厳を醸《かも》し出《だ》す。立ち尽くすオリバーたちの間から進み出て、シェラがその場に跪《ひざまず》く。

「ここに。……久しくお目に掛かります、お母様」

「ん」

軽く頷《うなず》いて葉巻を灰皿に置き、エルフの女性が椅子を立った。そう見えると同時に、オリバーたちの視界から彼女の姿は掻《か》き消《き》えていた。

「――凡」

「へ？」

背後から響いた声にガイが呆然《ぼうぜん》と振り向く。今まで部屋の奥にいたはずの女性が平然とそこに立っている光景にオリバーは戦慄し、テレサに至っては反射的に杖剣《じょうけん》の柄へ手を掛けていた。――反応できなかった。間近に肉薄される今この瞬間まで。

「凡。……ん、こちらはリバーシか。込みで凡」

ガイに続いてカティとピートの背後に回った女性が淡々と呟《つぶや》く。その足取りがナナオに向いたところで、彼女はふと足を止めて彼女を見下ろす。

「短命種にしてはいい貌だ。――秀」

薄く笑ってそう告げ、それからちらりとオリバーを流し見て呟《つぶや》く。

「見るに堪えん。評価外」

一方的に口にする。オリバーが息を呑《の》む間に、彼女は悠然とシェラへ歩み寄る。

「婿に取るならそのふたりだ。間違ってもそれは選ぶな」

「お母様。皆等しく、あたくしの大切な友人ですわ」

シェラが丁寧ながらも強い語調で言う。それを聞いた女性がふっと口元を緩め、懐《ふところ》から新たな葉巻を取り出す。

「悪かったよミシェーラ。少しばかり親心が先走った。

……火をくれるか？」

その求めに微笑《ほほえ》みで応じて、シェラが抜いた杖《つえ》の先端に火を灯《とも》す。それで先端を炙《あぶ》った葉巻をしばらくふかした後、女性は大きく煙を吐き出してうっとりと呟《つぶや》く。

「——あぁ、美味《うま》い。やはり格別だ。お前が点《つ》けてくれた葉巻は」

親愛の籠もった所作でシェラの額にキスをする。それから執務机へと戻り、再び椅子に腰かけて女性は告げた。

「ミシャクア＝マクファーレンだ。娘が世話になっているな、学友諸君」

改めての名乗りにオリバーたちが背筋を正した。同時に理解が追い付く——これがシェラの母親。あのセオドール＝マクファーレンが嫁に取ったエルフなのだと。

「そう堅くならず楽にしろ。私も人間は嫌いだが子供には甘い。エルフの弱みという奴《やつ》でな、見ると無条件で菓子をくれてやりたくなる」

にやりと笑ってミシャクアが言い、仕草で執務机の前のソファを勧める。戸惑う一行の中で、先の「評価外」という言葉が耳に残ったオリバーが少しばかりの反抗を形にする。

「……何歳《いくつ》まで子供でしょうか？　あなたから見れば」

「同じことを言われてムッとしなくなるまでだよ、坊や」

軽く返したミシャクアがふぅ、と煙を吐き出す。シェラが抗議に口を開こうとするが、オリバーはそれを片手で制してソファへと腰を下ろした。彼としても本気で腹を立てたわけではない。ただ、この相手には皮肉のひとつを返すくらいが丁度いいと直感していた。

「……御息女の友人のオリバー＝ホーンです。他六人共々、今日から数日お世話になります」

「カ、カティ＝アールトです」「ガイ＝グリーンウッドっす……」

相手の風格に圧倒されたまま自己紹介に及ぶカティたち。全員の顔と名前を把握したところで、ミシャクアは軽く頷《うなず》く。

「ん、憶《おぼ》えた。……さて、何をして遊ぶ？」

「は？」

突然の言葉を理解出来ずにオリバーが声を上げる。当然とばかりにミシャクアが続ける。

「娘が友人を連れてきた。母としては楽しませねばならん」

そう言って葉巻を灰皿に置き、ミシャクアは窓の外を眺める。

「座っていてもつまらんな。とりあえず飛ぶか」


果たして理解が追い付かぬまま、オリバーたちは広大な敷地《しきち》の一角に備えられた箒《ほうき》の練習場へと連れ出されていた。

「――勢ィイイイッ！」

「はははははッ！　いいぞ！　もっと本気で来い！」

遥《はる》か上空で激しい空中戦を演じるナナオとミシャクア。その様子を見上げながら、箒《ほうき》を片手に地面に仰向けで横たわったカティが呆然《ぼうぜん》と口を開く。

「……ねぇ、シェラ……」

「……はい……」

「……なんでおれら、おまえの母ちゃんに叩《たた》き落《お》とされてんの……？」

困惑を滲《にじ》ませて隣のガイが問う。先に立ち上がったシェラがため息を吐く。

「……ああいう方なんですの。何と言いますか、あらゆることが豪快で。今も全力で歓迎してくれているのは確かなのですが……」

隣で上体を起こしながら、オリバーがぽつりと口を開く。

「……遊んでくれている、のか？　娘が連れてきた友人と、ただ単純に……」

「信じ難《がた》いと思いますが、他に何の含みもありません。……子供と向き合う時は本当に誠実な方ですの。遊ぶといったら一日中でも遊びます。この滞在の間、他の予定も全てキャンセルしているはずですわ」

その説明にオリバーは苦笑した。——なるほど、ただの子供扱いではない。これは徹底した、子供扱いだ。苛立《いらだ》ちを通り越していっそ清々《すがすが》しいほどの。

「理解した。……なら、俺たちが先に参っていては失礼だな」

「……だな。あーくそ、箒《ほうき》競技もっとやっときゃ良かった」

「わ、わたしも頑張る……！　なんか燃えてきた！」

「……ボクもだ。キンバリー生がこの程度だと思われたら心外だからな……」

ガイたちもやる気に火を点《つ》けて立ち上がる。そうして彼らは日没までの数時間、友人の母と空の遊戯に興じることになったのだった。


そうして迎えた夕方。息も絶え絶えに地面へ横たわるオリバーたちの姿を眺めて、ミシャクアはふむと鼻を鳴らす。

「——こんなものか。よし、湯を浴びて来い。それから食事だ」

そう告げて練習場を後にする。使用人に先導されたオリバーたちが個別の浴場で体を浄《きよ》めると、その後はすぐに食事の場へ案内された。次々に運ばれてくる贅《ぜい》を凝らした一皿を口に運ぶたび、カティとガイが喜びと悲しみが入り混じった悲鳴を上げる。

「……あぁっ……！　ものすごく美味《おい》しいのに……！」

「は、腹減りすぎて……！　味わってる余裕がねぇ……！」

全力の飛行の後で体が切実に栄養を欲《ほっ》していた。オリバーもそれは同様だったが、辛《かろ》うじて残した余裕でテーブルの対面を窺《うかが》う。柔らかく煮込まれたフィレ肉をナイフで切り分け、ミシャクアがそれを黙々と口に運んでいた。

「……肉を、食されるんですね」

「ヒトの魔道を歩むからにはな。美味《うま》いぞ。少々吐き気はするが」

さらりとした答えにオリバーが唸《うな》る。葉巻を嗜《たしな》む点もそうだが、人間の家に嫁入りしただけあって、エルフとしては相当に型破りな人格のようだった。彼の視線の先で、ナプキンで口を拭ったミシャクアが改めて一同を眺める。

「日没まで動けたところを見ると、全員そこそこ仕上がってはいるな。どれ、食後は軽く動きでも見てやるか」

「お母様、その、気持ちはとても嬉《うれ》しいのですが。旅の疲れもありますから……」

「ボクは構いません」「わたしも！」「メシさえ食やぁ……！」

ピート、カティ、ガイが負けじと快諾する。これは仕方ないとオリバーも覚悟を決めた。彼自身も含めて――これまでの流れで完全に、キンバリー生としての意地に火が点《つ》けられていたのだ。

「わわわっ……！」「うぉおおおおっ……！」

不規則に回転する巨大な円盤の上で、ガイたちはミシャクアに追い回されていた。

「面白いだろう？　マクファーレンの魔法使いはこれで踏み立つ壁面《ウォールウォーク》を鍛える。物足りなければもっと速くしても構わんぞ」

「それは是非とも！」「ま、待てナナオ！　ボクたちがまだ無理だ！」

快諾するナナオにピートが慌てて待ったをかける。見学に回ったテレサ、マルコと共に、四人ずつの順番ということで待機していたオリバーが、その光景を眺めて感心の表情を浮かべる。

「……噂《うわさ》に違わず素晴らしい設備だ。君の強さの理由が良く分かる」

「ふふふ、旋回円盤くらい序の口ですわ。この手の訓練施設なら他にも山ほどありますわよ」

「……滞在が数日なのがつくづく残念だよ。休暇の間ずっとここで鍛えたいくらいだ」

「あら、婿入りすれば使い放題ですわよ？」

「餌をぶら下げないでくれ。思わず食い付きそうになる」

シェラの冗談をあしらいつつ、オリバーはふと周りに視線を巡らせる。

「……それにしても、いいのだろうか？　ここに来てから、お母上以外の魔法使いとほとんど顔を合わせていないが……」

「その点は母が計らっています。うちのお歴々がそこら中にいては楽しむどころではないでしょう？　マクファーレンの親族には数百年クラスの魔法使いがざらですから……」

「確かに、いきなり会うと心臓が止まりそうだな。……が、当のお母上もそのひとりだろう？」

「ええ、今年で三百八十歳になるそうです。家中での立場を巡って嫁入りの時は色々と揉《も》めたそうですわよ。何しろお父様の曾祖母よりも年上ですから」

経緯を思い描こうとしたオリバーが諦めて首を横に振る。どう頭を捻《ひね》っても想像を越えた婚姻であり、イメージを追い付かせる自信がない。

「それ以前に、エルフを一族に迎えるまでの経緯のほうも気になる。セオドール先生はいつ訊《き》かれても適当に誤魔化しているようだが……」

「秘密というわけではなく、あれは単に話したくないのですわ。……本人曰《いわ》く、その時期はだいぶ自暴自棄だったようで。母の故郷の『里』とはしっかり話が付いていますから、そこは安心してくださいませ」

「なんだ。私の立場が気になるのか？」

突然の声にオリバーがびくりと振り向く。旋回円盤の上でナナオたちと戯《たわむ》れていたはずのミシャクアが、またしてもいつの間にかそこに立っていた。

「お母様？　ナナオたちは――」

「全員床に張り付けてきた。あちらでぐるぐる回っているのが見えるだろう」

「なら早く円盤を止めてくださいませ！」

シェラが慌てて仕掛けを止めに走る。その背中を見送りながらミシャクアが言葉を続ける。

「色々勘繰っているようだが、夫《あれ》との縁はさほど難しい話でもないぞ。――頭のいかれた人間がふらりと里にやって来た。変化を欲《ほっ》していた私がその機会に乗じた。ただそれだけのことだ。途中で少々戦争になりかけたりはしたがな」

「恐ろしいほど端折《はしょ》られますね……。血の漏洩《ろうえい》を禁じる掟《おきて》については？」

「いつまでもそれではエルフに未来がない。その点ではキンバリーへ逃げ込んだ悪ガキと同意見だよ。私がやらずともいずれ誰かが踏み出しただろう」

確信をもってミシャクアが言い、それを聞いたオリバーもひとつ腑《ふ》に落ちた。――悪ガキというのはキーリギ＝アルブシューフのことだろう。難しい立場の彼女がキンバリーに入学したのもまた、同様にエルフの一般から逸脱した価値観を持つミシャクアの存在があってのことと予想出来た。

シェラが仕掛けを止めたことで円盤での磔《はりつけ》から解放され、まもなく這《ほ》う這《ほ》うの体でガイたち

が戻って来た。

「うぉぉ、視界がぐるぐるする……」「待ってガイ……まっすぐ歩けない……」

「まぁまぁ楽しめたぞ。今日はこれで解散だ、さっさと寝てしまえ。明日は催し事を手伝ってもらうからな」

母の言葉に、シェラが顎に手を当てて頷《うなず》く。

「……なるほど。ちょうどその時期でしたわね」


翌日の夕方。マクファーレン邸の敷地《しきち》内では住民たちへ向けて無償で飲食物が振る舞われ、その祭りの賑《にぎ》わいの中にオリバーたちもまた顔を出した。ただし、少々特殊な立場で。

「――お前は悪ぃ子かぁ？」

飴《あめ》を手にはしゃぐ子供たちの前に、木彫りの恐ろしい仮面を被《かぶ》ったミシャクアがぬっと現れる。その迫力に怯《おび》えた子供たちが必死で首を横に振る。

「ひゃあああ――っ！」「違います！　ちゃんと家に帰ります！」

「本当かぁ――？　嘘《うそ》をついてないかぁ――？」

しばらくまとわりついて脅《おど》かした後で解放し、その際に袋入りの菓子を子供たちへ振る舞う。

一連の流れを演じてみせたミシャクアが仮面を外してオリバーたちへ向き直る。

「――とまぁ、こんな具合だ。たっぷり怖がらせてから菓子を渡せ。手は抜くなよ。目安は泣くまでだ」

そう言い置いた上で祭りの喧騒《けんそう》の中へ立ち去る。残されたオリバーたちが唖然《あぜん》とした。

「……南部のほうの伝統行事として聞いてはいたが……」

「……まさか自分で参加するなんてな。しかも本物と一緒に脅《おど》かす側で」

彼らもまた擦り切れた黒いローブ、それに木彫りの仮面と細長い付け耳で装《よそお》っている。この祭りの主役である「人食いエルフ」の扮装《ふんそう》だ。この格好で子供たちを脅《おど》かして回り、夜遊びを戒めながら最後にお菓子を渡す――というのが決まった流れになっている。

「この地域では以前からあったイベントですが、今は母が毎年主催していますわ。地元民との交流に丁度いいということで」

「イメージアップさせてぇのかダウンさせてぇのか、もう分かんねぇなこれ……」

「いいんじゃない？　子供たちみんな楽しそうだし」

「うむ！　拙者の故郷にも似たような催しがござった！」

祭りの空気に興じたナナオが楽しげに言う。そうして言われた通りに子供たちを脅《おど》かして回りながら、オリバーはふと覚えた疑問を口にした。

「……シェラ。この祭り、締めはどうするんだ？」

「と、言いますと？」

「地域ごとに細かな差はあるにせよ、この手の祭りのクライマックスには定番の流れがあるだろう。エルフの子攫《さら》いの伝承が元になっているなら、ここでもおそらく――」

「ええ、同じですわね。エルフが討たれて終わりです。そこも母がノリノリで演じますわよ」

「……どこまで柔軟なんだ……」

「ふふふ。けれど、違う部分はまた別にあるのです。ほら、始まりますわよ」

会場中央の演壇の上に、いつの間にかミシャクアが現れて注目を集めていた。

「――ぬぁあぁ、何ということだ！　これだけ探し回っても悪い子がひとりもいないとは！　これでは誰も攫《さら》えないではないか！」

頭を抱えて苦しむ「人食いエルフ」。そこに演壇の片側から勢いよくひとつの影が駆け上がる。

「そこまでだ、性悪しきエルフよ。この地に貴様が拐《かどわ》かす子供はいない。諦めて森に帰るがいい」

「ぬぅ、何奴《やつ》⁉」

長い杖《つえ》を手に身構えるミシャクア。彼女が対する相手、馬の胴体に人の上半身を備えたその姿にカティが瞠目《どうもく》した。

「え――ケンタウロス⁉」

「しっ。……あの方がここでの『討ち手』ですわ」

　シェラに促されて始まった劇を眺めるオリバーたち。ミシャクアが地団太を踏んで叫ぶ。

「出しゃばりの四つ脚めが！　これほどの御馳走《ごちそう》を前に、そうそう諦めて帰れるものか！」

「ならば私がお前を討とう。覚悟はいいな」

　杖剣《じょうけん》を抜くケンタウロス。そうして対峙《たいじ》したふたりの間で、オリバーたちが目を剝《む》くほどの大立ち回りが始まった。炎と雷が乱れ飛ぶド派手な呪文の撃ち合いから近接での激しい剣戟《けんげき》。実戦とはまるで異なる、それでいて高度な技術が詰まりに詰まった「見世物としての」戦闘である。

「おのれ、おのれ四つ脚！　この身朽ちようと許しはせん！　これより先は木立の陰に怯《おび》え暮らすがいい！」

「ならば私は、人と共にその闇を照らそう！　――**瞬き爆ぜよ**《フラルゴ》！」

「ぐぅあああああ！」

　呪文を身に受けたミシャクアが爆音と共に閃光《せんこう》に包まれ、観客から歓声が上がる。余りにも壮絶な最期《さいご》を見届けたガイがあんぐりと口を開く。

「……おい。爆発四散したぞ、お前のかーちゃん」

「今年はひときわ派手な散り様でしたわね……。心配は要りません。今頃舞台裏で葉巻でも吸っていると思いますわ」

「ね、ねぇ！　シェラ！」

カティが色めき立って友人へ声をかける。先刻承知とばかりにシェラが微笑《ほほえ》んだ。

「そうなると思いましたわ。……では、会いに行きましょうか。討ち手の方に」


オリバーたちが連れ立って舞台の裏手へ向かうと、そこには雑多な大道具・小道具が置かれた演目の準備スペースがあった。その中で三つの影が大きなテーブルを囲んでいる。

「――年を重ねるごとに演出が派手になる一方だよ、ミーシャ。私の体も持たないし、そろそろ天井を設けないか」

「馬鹿を言えトーリア、子供の目というのは育つほどに肥えるのだぞ。下手に手を抜いて『今年はイマイチだった』などと鼻で笑われたいのか？　私は死んでも御免だ」

「へっへっへ、どうせやるなら派手にやらねぇとよ。次からは俺も人食いドワーフってことで参加させちゃもらえねぇか」

「君は馬鹿か。ありもしない伝承を自分からでっち上げてどうする」

ひとり目はミシャクア、ふたり目は先ほどのケンタウロスの男性、三人目はずんぐりとした体格のドワーフの女性だ。気さくに言葉を交わしながら酒を酌《く》み交《か》わす姿にガイが目を丸くする。

「……マジか。エルフとドワーフとケンタウロスが同じテーブルで酒飲んでんぞ」

「すごい光景だな……。祭りの最中も姿はちらほら見かけたけど」

「ここ最近で南部の種族間交流は一気に加速しましたの。この繋《コネクション》がりも含めて母が持ってきた結果と言えるでしょうね。個性的ですが気のいい方々ですわよ」

シェラがそう言ってオリバーたちをテーブルへ連れて行く。彼らに気付いた三人が一斉に振り向いた。

「おお、来たかお前たち。ミシェーラよ、母の演技はどうだった？」

「いつもながら見事な悪役振りでしたわ。Mr《ミスター》．トーリアも名演をありがとうございます。母の我儘《わがまま》に付き合っていただき申し訳ありません」

シェラが丁寧に挨拶する。トーリアと呼ばれたケンタウロスの男性が鷹揚《おうよう》に微笑《ほほえ》んだ。

「礼には及ばないよミシェーラ。こうしてケンタウロスが人と親しむ機会をもらえていること自体がありがたいのだからね。気難しい演出家の拘《こだわ》りに付き合うくらいは安いものだ」

「少しでも力添えになっているなら幸いですわ。Ms《ミズ》．ルルイムも今日は一段と見事なお髯《ひげ》で」

続けてシェラがドワーフの女性へと話を向ける。一般にドワーフは女性でも豊かな髭《ひげ》を蓄え、それを誇りとするのが習わしだ。紹介を待ちかねたようにカティが友人の袖を引く。

「ね、ねぇ、シェラ。この人たちは……」

「マクファーレンと懇意にしているMr《ミスター》．トーリアとMs《ミズ》．ルルイムですわ。お二方は南部の

ケンタウロス、ドワーフの種族代表を務めていらっしゃいます。ご挨拶なさいませ、カティ」

促されたカティが身を固くして前に出る。ふたりの異種族からの視線が集中する中、彼女は思い切って口を開いた。

「は、初めまして！　人間の魔法使い、カティ＝アールトです！」

「やぁ、君たちはミシェーラの学友だね？　祭りを手伝ってくれてありがとう」

「おうご苦労さん。お前らも飯食ってけ。人間の子供は細くていけねぇや」

トーリアとルルイムが歓迎の姿勢でカティたちをテーブルに招く。それに応じて他の面々と共に座りながら、カティは抑えきれない興奮のままふたりへ話しかける。

「あ、あの……！　わたし、亜人種の人権活動に興味を持っていて！　この機会に色々とお尋ねしたいことが……！」

「そう焦《あせ》らずとも誰も逃げはせん。ほら、お前たちも座れ」

「取って食いやしねぇぞ。人間はあんまり美味《うま》くねぇからな、げぇっへっへ」

ルルイムの発言にトーリアが呆《あき》れ顔《がお》になる。生まれて初めて耳にするドワーフの冗談にどう反応していいか皆目分からないまま、オリバーたちもその輪の中に加わることになった。

双方とも気さくな人柄であり、話してみればミシャクアよりもよっぽど意思疎通に難がなか

った。自然と場が打ち解けて、オリバーたちのほうからも話題を振る余裕が生まれてくる。

「……俺もケンタウロスの魔法使いにお会いするのは初めてなのですが、先ほどのMr《ミスター》．トーリアの立ち回りには目を瞠《みは》りました」

「はは。そんな大したものじゃないが、演技とはいえ彼女の相手をするのだからね。うっかり死んで祭りを冷めさせないよう努力はしているよ」

「なーにを抜かすか六十年戦争の英雄が。〈森守《フォレストガード》〉の名を聞いて震え上がる魔法使いは今でも多いってのによぉ」

ドワーフのその言葉にオリバー、カティ、ピートが同時に驚愕《きょうがく》した。六十年戦争は歴史的にも有名なケンタウロスの反乱であり、〈森守《フォレストガード》〉はその指導者として戦い抜いたケンタウロスの異名だ。それが真実であれば、彼らの目の前にいるのは文字通りの英雄と言って差し支えない。が、当のトーリアは苦笑を浮かべる。

「尾ひれの付いた風聞だよ、それも。今となっては人との交流で邪魔になるばかりだ」

「……あの。その辺り、詳しく伺《うかが》ってもいいですか？　わたし人権派なんです。ケンタウロスが今の立場を得るまでの経緯について、当事者の話を聞いてみたくて……」

「ああ、それはもちろん構わないが——」

「Mr《ミスター》．トーリア！　ここにおられましたか！」

カティが本題を切り出したところで、駆け寄って来た普通人の男性が声を張り上げる。一拍

遅れてシェラを含むその場の顔ぶれ、彼女らの会話を自分が止めてしまったことに気付いて青ざめるが、シェラがすぐさま微笑《ほほえ》んで「構いません。急ぎの報告ですのね？」と口にした。その計らいに感謝を示した上で男性がトーリアに耳打ちし、途端に彼の表情が険しくなる。

「……そうか。予想はしていたが、動かざるを得んか」

かすかなため息と共にそう呟《つぶや》き、トーリアはジョッキを置いてカティへと向き直る。

「すまない、Ms《ミズ》．アールト。話の途中だが、呑気《のんき》に酒を呑《の》んでいられる立場ではなくなった。ルルイム、お前もだ。それ以上はジョッキに口を付けるなよ」

「おう。戦かよ？」

担《かつ》いだ斧《おの》の柄に手をやりながらルルイムが薄く笑い、厳しい面持ちでトーリアが頷《うなず》く。

「残念だがそうだ。……君たちには聞かせても構うまい。前々から緊張状態にあった小鬼の集落が大規模に活動し始めた。近くの村がひとつ潰されたようだ」

「――！」

オリバーたちの顔に緊張が走る。そこへトーリアが改めて告げる。

「私が手勢を率いて鎮圧に向かう。一応説得は挟むが、ほぼ間違いなく戦いになるだろう。ここに戦火が及ぶことはないから君たちは気にしなくていい。シェラ君と共に引き続き楽しく
――」

「連れていってはどうだ？　こいつらも」

ミシャクアが平然と声を挟む。オリバーたちが驚く中、その返答も待たずに彼女は続ける。

「役に立たんことはないだろう。こう見えてキンバリーの四年生だ。鍛えが入っていることは私が保証する」

その言葉を踏まえてオリバーたちへ向き直り、トーリアが難しい表情で腕を組む。

「……そうしてもらえるとありがたいのは確かだ。魔法使いでない仲間も兵として多数参加するのでね。積極的に戦闘へ参加せずとも、負傷者の治癒を受け持ってくれるだけで非常に助かる」

「心配するねぇ。俺の後ろにいりゃぁ全員守ってやっからよ」

ルルイムが太い腕を掲げて笑ってみせる。思わぬ要請を受けたオリバーたちが顔を見合わせた。突然の話ではあるが、この状況で助力を求められるのは至って自然だ。シェラの実家に逗《とう》留《りゅう》している立場を踏まえても応じるべき筋ではある。その上でまだ断る理由があるとすれば、

「……どうするよ？　カティ」

「………………行く。こういうのも魔法使いの仕事だもん」

ガイに問われたカティが硬い表情で頷《うなず》く。彼女が応じるなら、もはやオリバーたちの側に助力を拒む理由はない。全員が頷《うなず》き合ったところで、カティが再び口を開く。

「けど、ひとつ確認させてください。戦意のない相手、もしくは戦闘中に投降した敵の扱いについては？」

「無力化してくれれば戦闘が決着してから捕えよう。後の尋問で侵略的な暮らしを止めて『ゴブリン』に戻る意思が見て取れれば、そのための教育を施して工場に回すことになる。共生しているコボルドに関しても大筋は同様だ」

「工場……」

「そこも気になるかい？　なるほど、君は人権派だものな。——安心してもらえるかは分からないが、彼らの居住環境としては南部の法定基準を満たしていると請け合っておこう。その基準についてもエルフのミシャクアが適宜チェックしているから、人間が独断で定めている他の地域と比べれば扱いは良好なはずだ」

詳しい説明を受けたカティが腕を組んで唸《うな》る。それを見たルルイムが肩をすくめる。

「負けた連中の扱いとしちゃマシもマシよ。ひと昔前なら被害を受けた連中に引き渡して後は丸投げだったんだぜ？　ま、それだと投降率が下がるってんでなぁ。あいつらが自分から白旗挙げてくれんのがいちばん楽ってわけさ」

その言葉にはオリバーも頷《うなず》かざるを得なかった。投降後の処遇が用意されているだけ良心的な扱いと言わざるを得ない。トーリアがさらに補足する。

「集落の規模としてはそれなりだ。こちらの損耗は一般兵も含めて軽微に留まる予想だが、地の利を得つつ戦う小鬼《ボギー》に特有の手強《てごわ》さもある。総じて君たちには良《い》い経験になるだろう」

その言葉に頷《うなず》いたオリバーたちが深く息を吸って吐く。——行楽気分から意識を切り替える

には、ただそれだけでじゅうぶんだった。

一晩の準備期間を経て、オリバーたちはトーリアに指示された現場へと陸路で西進した。マルコの移動に召喚魔法を使うかどうかで悩みかけたが、ミシャクアが当然のように魔牛に引かせる大型戦車を駆り出したことでその懸念《けねん》は払拭《ふっしょく》された。さらに彼女自身が現場まで付いて来ると分かった時点で、この状況が自分たちに経験を積ませるための計らいでもあるのだとオリバーは解釈した。マクファーレンほどの家なら戦力などいくらでも用意出来るだろうし、それ以前に小鬼の集落ひとつ潰す程度ならミシャクアやトーリアひとりでも済む話だ。

「――揃《そろ》ったようだな。では、始めよう」

が、現場でトーリアたちと合流したところで、その認識にも多少の修正が加わった。彼が連れた一般兵が思いのほか多く、そこからは主戦力として普通人を用いる想定の作戦であることが見て取れたからだ。

「退路は守ってやる。前線で巨獣種《ベヘモト》が出たら呼べ」

真顔でそう告げたミシャクアが単身で森の入り口に残り、トーリアが苦笑して頷《うなず》く。さすがに彼女は前線に来ないか、とオリバーはひそかに納得した。戦力が過剰に過ぎても緊張感が損なわれる。小鬼は普通人でも武装すれば対処できる範疇《はんちゅう》の脅威であり、トーリアがもっとも経

験を積ませたいのは彼らの側かもしれない。その点を踏まえて、現場で自分たちがどう働くべきか、オリバーは少し悩んだ。

「……ねぇ、みんな。戦いになった場合なんだけど……」

「言わなくても分かってる」

「なるべく傷付けずに無力化、だろ?」

一般兵たちと共に深い森の中へと踏み込んでいく八人。その中でカティが口を開き、ピートとガイが続く言葉を先回りする。驚く彼女の隣でガイが苦い表情を浮かべた。

「おれだって後味悪いのは御免だっての。……湖水国《ファーンランド》で長たちと会っちまった後だから尚更《なおさら》な。集落を攻めるってことは子供だって当然いんだろ」

その点はオリバーもまったく同感だった。だからこそ思い決める。この状況での自分たちの適切な振る舞いを考えるよりも、今はカティの意思を優先しようと。

木立の中を彼らが警戒しながら進んでいくと、やがて隊列の先頭を行くトーリアが足を止め、おもむろに指笛で鳥の鳴き真似《まね》を始めた。その流儀は小鬼たちもゴブリンと変わらないようだ。

「――賢明なる森の子らよ！　ここにあるは〈森守《フォレストガード》〉トーリアだ！　まことに残念だがマクファーレンとの盟約に基づき、約定に反して人里を襲った貴公らの行いを咎《とが》めねばならない！　武器を捨てて降伏するならば血は流さぬと誓おう！　貴公らの返答や如何《いか》に⁉」

張り上げたトーリアの声が木立の闇に吸い込まれる。返る言葉はなく、代わりに何本もの矢

が飛んできて彼の足元に突き刺さった。それを見届けた瞬間、トーリアがため息を吐いて自分の杖剣《じょうけん》に手を掛ける。

「勧告は拒否された。――戦闘に入るぞ」

「先陣を切ります」

指示を待たずしてオリバーたちが一斉に前へ出る。期待される役割を越えて出しゃばると決めた以上、始めるなら今が頃合いだった。その動きを見たルイムが目を丸くする。

「おいおい、早まんな。お前らは大人しく後ろで――」

無論、止められることは分かっていた。だからオリバーは有無を言わさず始めた。

「刈り払え、ナナオ」

「**斬り断て**《ぐらでぃお》　**刃よ**《ふぇるーむ》**！**」

応じたナナオの切断呪文が前方の木々を一斉に切断する。同時に落下するいくつもの気配へ向けて、オリバーが迷わず追撃を命じる。

「薙《な》ぎ払《はら》え、シェラ！」

「**嵐の中に轟きて**《マグヌス》　**猛き白光は地を焦がす**《トニトウルス》**！**」

シェラの二節呪文が広範囲を覆い、木立に潜んでいた小鬼たちの伏兵をひとまとめに打ち据える。そこへ乗り込んでいったガイ、カティが杖《つえ》を振り、

「**芯まで痺れよ**《インペディエンドム》**！**」

「**芯まで痺れよ《インペディエンドム》！**」

電撃の網に漏れた敵を次々と無力化していく。その間にも、偵察ゴーレムを複数飛ばしたピートが周辺の索敵を進めている。

「……北西に大きめの集団。東と西からも小隊が寄せてきてる。合流前に叩《たた》いたほうがいいぞ」

「承知した。――この形で道を開きます。後続は撃ち漏らしを見つけ次第無力化してください。マルコ、君は少し下がって普通人たちを守ってくれ」

「ウ、分かった」

得られた情報を基に戦いの流れを作っていく。その手慣れた段取りに、出番を奪われたルルイムがあんぐりと口を開けた。

「……いやいやいや……」

「想像以上だ。私たちの出番がないな、これは」

堪らず苦笑するトーリア。その視線の先で急速に戦線を押し上げながら、オリバーは隣を走るカティへと囁《ささや》く。

「……カティ。分かっていると思うが……」

「うん。出しゃばりだよね、完全に」

カティが頷《うなず》く。トーリアがわざわざ普通人の兵を連れて来ているのは彼らに自衛の意識を持

たせるためであって、その出番を外来の魔法使いが奪うことは望ましくない。それをはっきりと自覚した上で、彼女はなおも自分の意思を貫く。

「でも、それでいい。……今は、この子たちを傷付ける数を少しでも減らしたい。その優先順位だけは譲れない――！」

オリバーも頷《うなず》く。彼も知っていた、これもまたカティの戦いなのだと。


一方その頃。オリバーたちが戦い始めた場所からはまだ離れた、森の奥深く。

「――攻めて来ましたか。酷《ひど》い連中だ、まったく」

落ち着いた男の声が響く。それに応じて異様な音が響き渡った。歓喜とも苦痛とも付かない小鬼たちの唸《うな》り声だ。

「だが臆してはなりません。今の貴方《あなた》たちは無力な小鬼《ボギー》ではない。実感があるでしょう？」

言葉に背中を押されて進み始める小鬼たち。その異様なシルエットを見送りながら、ひとつの影が呟《つぶや》く。

「力を振るいなさい。その身に享《う》けた恩寵《おんちょう》のある限り」

戦闘が一段落して襲撃が絶えた木立の中、オリバーたちは油断なく周りを見渡していた。

「……静かになったな、なんか」「戦意が挫《くじ》けたか？」

「いや、さすがに早い。まだ戦力は残しているはず――」

オリバーがそう告げた瞬間、ナナオの肩がぴくりと震えた。

「――何か、嫌な気配が」

「止まれ！」

オリバーが即座に警告を飛ばす。後に続くルルイムが訝《いぶか》しげな顔になる。

「どうしたよ。こんだけ押してりゃ何も心配ねぇだろ」

「いえ、ナナオの直感が警告を出しました。――Mr.《ミスター》・トーリア！　敵の戦力は本当に小鬼とコボルドだけですか⁉」

「……？　魔犬などの魔獣を使役しているパターンは考えられるが、経験に照らしてもそれ以上の脅威は――」

トーリアが困惑気味に言いかける。その言葉に被《かぶ》せてシェラが叫んだ。

「――下ですわ！」

即応して跳び上がるオリバーたち。同時に地面を突き破って複数の何かが飛び出した。

「……これは……⁉」

ピートが目を細める。出てきたのは小鬼だ。が、その両手が穿孔器《せんこう》のような硬質の円錐《えんすい》形に

変形している。無論、本来の彼らにそのような能力はない。着地しながら同じ光景を見て取ったケンタウロスが驚愕に目を見開く。

「……まさか。異端化している……!?」

「「「「GYAAAAAAAAAAAAAA！」」」」

異形の両手を突き出して攻撃してくる小鬼たち。一変した状況を見て取ったトーリアがとっさに指示を出す。

「――一般兵は後退しろ！　円陣を組んで防衛の構えを取れ！」

「足場ァ固めんぞ！　**固く締まれ**《フォルティス》　**礎たる大地**《ブロイベーレ》！」

ルルイムが杖斧《つえおの》を足元に打ち付けて一帯の地面を硬化する。それで地中からの襲撃を防いだ上で、彼女もまたいよいよ本領を発揮し始める。

「フゥアアアアアアアアアアア！」

豪快に斧《おの》を振り抜いて小鬼たちを蹴散らすルルイム。その勢いに敵が押されている間に普通人の兵たちに陣形を組ませ、トーリアが苦い顔で言う。

「すまない、完全に予想外だ。異端化の兆候などこの地域では長年見られた例がなかった。よりにもよって君たちを巻き込んでしまうとは……！」

「いえ。我々がいる分だけ戦力が増えたと考えてください」

オリバーが簡潔に応じる。一方で、シェラが友人に語りかける。

「……カティ。残念ですが、状況が変わりました」

「手ェ抜ける相手じゃねぇ。悪ぃけど本気でやるぞ」

「……っ……、うん……！」

カティも覚悟を決めて杖剣《じょうけん》を構える。そこでテレサがちらりと周りの木立へ視線をやった。

「――？　テレサ？」

「……確信ではありませんが。少し、気になることが」

漠然とした彼女の言葉に、オリバーはただ頷《うなず》いて警戒を強めた。――この状況で口にする以上、隠形としての彼女の直感が警鐘を鳴らしているのだろう。すでに小鬼と同様に異端化したコボルドまで続々と茂みから飛び出して来ているが、脅威はこれだけではない。迫る敵を呪文で吹き飛ばしながら、オリバーはそれを確信した。

「くそっ、強ぇなこいつら……！　元は普通の小鬼やらコボルドだろ⁉」

迎撃を続けながらガイが唸《うな》る。どの個体に対しても呪文は通じるが、タイミングを合わせて複数で襲ってくるために油断がならない。未知の攻撃手段にも警戒を要し、体の変化に伴って耐久力まで底上げされている。こうなるとキンバリーの迷宮で戦う魔獣に劣らない手強《てごわ》さだ。

「それが異端化の恩恵だ。魔法の素養を持たずに生まれた者が魔法使いに対抗できる力を得る唯一の道筋。代償として捧《ささ》げるものがいかに大きくても……」

そう説明しながらオリバーが眉根を寄せる。異端化という要因を含めて分析しても、どうに

も状況から違和感が拭えない。

「……だが、妙だ。いくら何でもこれは強すぎる。個体それぞれの強化だけでなく、変異した体を最大限に活用する戦術が組まれている。よほど時間をかけて準備したなら可能だろうが――」

「有り得ない。今日の最後通告に及ぶまで我々の側でも監視は怠っていなかった。その網に引っ掛からなかった以上、彼らの異端化はごく最近のはずだ。――フッ！」

樹上から襲ってきた小鬼を後ろ脚の蹴りで吹き飛ばしつつ、トーリアが首を横に振ってそう告げる。オリバーの表情がますます険しさを増す。

「なら答えはひとつです。……彼らを教導した者がいる」

彼がそう結論すると同時に、無言で周囲を窺《うかが》っていたテレサが小さく口を開いた。

「――ヒビヤ先輩」

「む？　どうされた、テレサ殿」

「左斜め後ろの木立を斬ってください。視線は向けず、振り向き様に一太刀で」

「――**斬り断て**《ぐらでぃお》！」

要請を受けたナナオが直ちにそれを実行する。重い音を立てて倒れていく木々――その中にひとつの影を見て取り、オリバーがそちらへ杖剣《じょうけん》を向けて叫ぶ。

「誰かいるぞ！　逃がすな、**火炎盛りて**《フランマ》！」

「「「「「火炎盛りて《フランマ》！」」」」」

彼らの呪文を受けて炎上する倒木。それに追い出される形で、潜んでいた影が現れる。

「──ッ──!?」「むぅ──！」

東方《エイジア》の修行僧を思わせる簡素なローブに身を包んだ老年の男性がそこにいた。七フィート近い長身に肉の削《そ》げた頬、鋼の糸を束ねたかのように引き締まった痩身《そうしん》。右手に握るのは身長とほぼ同じ長さの五角棒。通常の魔法使いとは一線を画する外見でありながら、佇《たたず》まいの全てが歴戦を匂わせる風格に満ち満ちている。

「──いい勘をしておられる。子供と侮《あなど》ったようだ」

感心の籠もる声で老人がそう呟《つぶや》く。オリバーたちが警戒をもってその姿を睨《にら》み付《つ》ける。

「……人間の、魔法使い」

「下がりなさい、カティ。……分かるでしょう。気配が尋常ではありません」

やや前へ寄っていたカティを急いで下がらせつつ、背筋に冷や汗を滲《にじ》ませながらシェラが警告を飛ばす。彼女らを庇う形で、トーリアがルルイムと前へ進み出た。

「聖光教団の導師《プリースト》だな、貴公。それも相当に位が高い。司祭……いや、大司祭か？」

相手の外見から所属を見て取りつつトーリアが誰何《すいか》する。白い五角棒を背後に寝せて、問われた老人が恭《うやうや》しく一礼する。

「全なる聖光が僕、エヴィト。老残ながら『五角形《ペンタゴン》』の末席を頂いております」

その名前を耳にした瞬間、対峙するふたりの表情が一気に険しさを増した。――数ある異端集団の中でも最大級の規模を誇る組織、聖光教団。その中には魔法使いの構成員も多数存在する。ただし、異界の『神』に忠誠を誓った彼らの在り方は、もはや本来の魔法使いのそれではない。

「異端狩りの要注意《ブラック》リストにここ半世紀載り続けてる筋金入りじゃねぇか。……まさかマクファーレンの縄張りまで出張ってくるたぁな。仕事熱心にも程があるぜ」

「場所は選びません。救いを求める輩《ともがら》が在る限り、我らはその祈りに応えるのみ」

不動の意思を宿してエヴィトと名乗った導師が告げる。その戦意に応えてトーリアもまた杖剣《じょうけん》を構える。

「姿を現した以上、ここで貴公を討たねばならなくなった。……こちらの名乗りは要るか？」

「不要です、ケンタウロスの英雄よ。……残念だ。貴方《あなた》の形も完璧に近付けて差し上げたかった」

惜しむようにそう告げて、エヴィトが両手で五角棒の長杖を構えた。トーリアと並んでそれと向き合いながら、ルルイムが背後のオリバーたちへ告げる。

「あれは俺たちがやる。子供の手にゃ余る大物だ」

「……失礼は承知で訊《き》きます。勝てますか？」

楽観するには敵が余りにも未知数だった。オリバーの率直な問いに、ルルイムは横顔でただ

不敵に笑ってみせ、

「――乗るぞ、相棒！」

「振り落とされるなよ！」

杖斧《つえおの》を手にトーリアの背中に騎乗する。四つの蹄《ひづめ》が力強く地面を蹴り、一体となって敵へ突き進む両者の姿にオリバーが瞠目《どうもく》する。

「……馬人跨乗《タンクデサント》……！」

五角棒を構えて迎え撃つ構えの導師へと、ふたりの先制が正面から襲い掛かった。

「**打てよ風槌《インペトゥス》！**」

「うぉらぁぁぁあああっ！」

呪文で相手を受けに回らせ、そこへ重ねて突進の勢いを乗せたルルイムの杖斧《つえおの》が叩《たた》き付《つ》ける。苛烈な攻めに防戦一方のエヴィト。カティとガイがその優勢を眺めて固唾を呑《の》む。

「すごい……！」「まさに一心同体ってやつか……！」

「見惚れている暇はありません！　小鬼《ボギー》たちの相手に集中しますわよ！」

導師の相手をトーリアとルルイムに任せて、オリバーたちは周りの異端化した小鬼たちへの対応に集中する。彼らの存在はトーリアたちにとっても幸運だった。異端化した個体の相手は普通人の兵では手に余る。オリバーたちを伴っていなければエヴィトとの戦闘には集中出来なかっただろう。

「ふぅ、苛烈ですな。その勢いは老体に堪える」

　攻めを凌《しの》いだ導師が一息つく。裏腹に、その顔には汗ひとつ浮かんでいない。トーリアとルルイムもその異常さに気付いていた。――ここまでの攻撃を呪文なしで凌《しの》がれている。卓抜した身のこなしだけでは説明が付かず、あの五角棒に何らかの加護があると見たほうがいい。

「厄介な脚を封じさせてもらいましょう。――**柱在れ**」

　導師の口が紡ぐ異質な詠唱。それに応じて前方の地面から複数の白い柱が立ち上がる。行く手を阻《はば》むそのひとつに杖斧《つえおの》を叩《たた》きつけるルルイムだが、鋼すら一息に叩《たた》き割《わ》るはずの一撃は硬い音を立てて弾《はじ》かれた。

「ッ、折れねぇ……！」

「秘蹟《ひせき》か！　構わん、掻《か》い潜《くぐ》る！」

　迷わず柱の合間を縫って駆け抜けるトーリア。が、柱の一本を挟んで相手と向かい合った瞬間、視線を振り切って導師の姿が掻《か》き消《き》えた。

「な――」

「鈍るとは思っていません。動きを縫ったのですよ」

　斜め後ろに回り込まれた。ふたりがそう気付いた時にはもう、五角棒の先端がルルイムの左腕を突いていた。

「かっ……！」

「ルルイム！」

相棒の負傷を見て取って後退するトーリア。小鬼を相手取る傍らに同じ光景を見届けたオリバーたちの間にも緊迫が走る。

「……な、なんだ、ありゃ」「異常な速さで動いたぞ……？」

「あれが聖光教団の幾何学体術だ。正多角形の秩序に沿って動くほど『神』の加護を強く受ける。柱で立ち回りを制限された上で同じ動きを競えば勝ち目はない」

予備知識から仕掛けを見て取ったオリバーがそう口にする。トーリアとルルイムが険しい顔で敵を睨《にら》んだ。

「我々と奴《やつ》では動きの『正解』が異なる。分かっていたつもりだったが……」

「ッ、知るかよ……。こちとら算数は得意じゃねぇんだ」

言いながら、ルルイムが短く握った杖斧《つえおの》の刃で自らの皮膚と肉を削り取る。異端の攻撃には常に「侵蝕《しんしょく》」のリスクが付きまとうが故の対処だ。その行動を見た導師がため息をつく。

「聖痕を削《そ》ぎましたか。そのまま受け入れれば同胞と成れましょうに」

「まっぴら御免だ。酒もなけりゃ歌もねぇ、そんなつまんねぇ世界に取り込まれんのはな。

──**聳え立て《クリベウス》！**」

再び動き出すと同時に呪文で相手との間に大きな柱を立てるルルイム。先の自分の真似事じみたその行動に、導師が眉をひそめる。

「自ら障害を増やして？　愚かな――」

「マヌケはてめぇだ！」

目の前の柱をルルイムが薪のように唐竹割にする。同時に、縦に五つに割れた柱が前方へ放射状に倒れ込んだ。そうなるように詠唱の段階から意念《イメージ》を調整していたのだ。

「……む……！」

「どうした、動けよ！　お得意のルールに従ってよ！」

「切り裂け刃風《インベトウス》！」

割れて倒れてくる柱にエヴィトが立ち回りを遮られ、トーリアがそこへ向かって呪文の追撃を放つ。相手の強みを殺すその攻め方に、オリバーが感心を顔に浮かべる。

「……あれは上手《うま》い。柱を倒すと同時に正多角形の成立を阻《はば》んでいる」

「足場の悪化も兼ねていますわね。いかに聖光の体術でも跳躍を挟めば立ち回りが乱れます。地形が荒れるほどケンタウロスの踏破性が利しますわよ」

ふたりの戦術を分析してシェラが言う。続く猛攻を引き気味に凌《しの》ぎながら、導師が呟《つぶや》く。

「……なるほど、感服しました。六十年戦争での経歴は伊達《だて》ではないようだ」

「当ッたり前だ！　戦場《ここ》じゃ定規もコンパスもお呼びじゃねぇんだよッ！」

猛々《たけだけ》しく攻め立てるルルイムとトーリア。その雄姿を前に、導師が長い杖《つえ》を地面に立てて構える。

「しかしながら。この私も、異端狩りを相手に百年戦っております。……二腕四脚ケンタウロス――」

ルルイムが振り下ろした杖斧《つえおの》の一撃。それを地面に突いた五角棒の逆側の尖端《せんたん》で受け止めながら、エヴィトは同時にトーリアの腹の下へと体を滑り込ませる。

「――手も足も出ぬが腹の下。言い伝えの通りですな」

目撃したオリバーたちが舌を巻くほどの動き。自らが騎乗するトーリア《ケンタウロス》の腹の下という死角に潜り込まれながら、しかしルルイムがにやりと笑う。

「バカが、もう二本あんだよ。――**打てよ風槌《インペトゥス》！**」

トーリアの脇腹に向かってルルイムが思いきり杖斧《つえおの》を振り抜く。柄がみしりと相棒の脇腹にめり込み、その刃から腹の下へ向かって放たれた風の一撃が、横合いから導師を襲った。

「――むぅ……！」

とっさに五角棒で防御して腹の下から弾《はじ》き出《だ》される導師。即座にそちらに体を向け直したトーリアだが、同時に走った横っ腹の痛みに思わず足を止める。

「……うぐ……」

「悪ぃ、アバラごといった。思いっきり振らねぇと危なかったからよ」

「……構わんさ。が、後で一杯奢《おご》れ」

短い会話を経て構えを取り直すふたり。その視線の先で、立ち上がった導師が息を吐いてロ

ーブの汚れを払う。

「……参りましたな。ドワーフとケンタウロスの組み合わせがこれほど厄介とは」

「続けて構わねぇぜ。その長ぇの片腕で振れるんならな」

不敵に笑ってルルイムが告げる。腹の下に滑り込んだ体勢からじゅうぶんな防御は叶《かな》わず、杖斧《つえおの》の一撃を受けた際に導師の左腕は折れていた。そこへオリバーたちが駆け付ける。

「異端化した小鬼《ボギー》とコボルドが片付きました。全体の中では少数だったようです」

「ここからはあたくしたちも加わりますわ。厳しい戦いになりましてよ、聖光教団の導師《プリースト》」

敵に杖剣《じょうけん》を向けてシェラが言う。彼らの杖《つえ》に囲まれたエヴィトが眉根を寄せた。

「子供たちも存外に手強《てごわ》い、と。……短期間の教導では無理がありましたな。よもや小鬼の集落ひとつ潰すのに魔法使いを九人駆り出すとは」

五角棒を握った右腕がだらりと下がる。ともすれば投降の合図とも見える動きと共に、それを裏切る形で導師の口が動く。

「**飽かず乾き給え**《■■■■■■■》。神威《しんい》よ――束《つか》の間《ま》ここに顕現を」

「「「「「「「**雷光疾りて**《トニトゥルス》!」」」」」」」

異質な詠唱に被《かぶ》せて、オリバーたちも加わった全員の電撃がそこに襲い掛かった。が――何もない空中に忽然《こつぜん》と現れた立方体が、その全てを一息に呑《の》み込んでいた。

「む――」「呪文を吸われた!?」

愕然《がくぜん》とする彼らの前で、まるで空間の底が抜けたように立方体が周囲の大気を吸い込み始める。その引力に抗《あらが》って踏《ふ》み止《とど》まるオリバーたちだが、同時に背後から悲鳴が上がり始めた。

「あ、が――がぁぁぁぁ！」「い、痛い……！」「乾く、乾く、乾く……！」

距離を置いてなお秘蹟《ひせき》の影響に晒《さら》された一般兵たちの皮膚がみるみる干乾《から》びていく。その有様《ありさま》に、知識と照らして脅威の正体を見て取ったオリバーが叫んだ。

「――**永久に乾く海綿**《ウラニエ・スポンジ》！　吸うほどに空白を増して膨張し続ける異界図形だ！　育つ前に距離を取れ、体を持っていかれるぞ！」

異端狩りの現場で過去に数度目撃された記録のある秘蹟《ひせき》。全力の後退でその吸引から逃れるオリバーたちだが、唱えた端から呪文を吸われては反撃の切っ掛けがない。後方で次々と干乾《から》びて倒れていく一般兵たちの姿を横目に、為《な》す術《すべ》もなく彼らは歯噛《はが》みする。

「くそ、まじぃ……！」「普通人を守ってる余裕が……！」

「**凝りて留まり**《フォルティス》　**流れよ**《プロイベーレ》　**止まれ**《リジデイタス》！」

ぴたりと吸引が止《や》んだ。オリバーたちとは桁違いの出力を持つ三節詠唱。さながら穴を栓で塞ぐが如《ごと》く、それが異界図形の周囲の大気を完全に固めていた。

「目を疑ったぞ。よもや巨獣種《ベヘモト》よりも性質《たち》の悪いのがいようとは」

「――お母様！」

シェラが驚きと共に後方の上空を見上げる。杖を片手に悠然と箒《ほうき》へ腰かけたミシャクア＝マ

クファーレンがそこにいた。彼女の行使する呪文と秘蹟《ひせき》との間で壮絶な綱引きを続けたまま、導師が小さくため息を吐く。

「この上に貴方《あなた》までお出《い》でですか。やれやれ、これはいよいよ潮時だ」

「そう急ぐなよ聖光の小僧。私は別に構わんぞ、ここで徹底的にやり合っても」

「光栄なお誘いですが。それは互いに本意ではありますまい」

挑発をあしらうと同時に秘蹟《ひせき》を中断。続く詠唱で斜めに柱を生やし、急速に伸びていくその先端を蹴る反動で、導師が木立の中へと飛び込んでいく。

「焦《あせ》ることはありません。救済の時は、いずれ遠くない――」

最後にそんな言葉を残して気配が消える。重圧から解き放たれたオリバーたちの全身にどっと疲労が圧し掛かり、同時に箒《ほうき》から飛び降りたミシャクアが鼻を鳴らして周囲を見回す。

「追って叩《たた》きたいところだが、それでは一般兵に手遅れになる者が出るな。トーリア、ルルイム、お前たちの余力は？」

「……悔しいが……」「面目ねぇ……」

共に負傷したトーリアとルルイムが苦悶《くもん》の表情で呻《うめ》く。ミシャクアが軽く頷《うなず》いてオリバーたちへ向き直り、

「あれが異端《グノーシス》だ。……勉強になったか？　ガキども」

不敵な笑顔でそう尋ねる。誰ひとり何の言葉も返せなかった。異質な敵と向き合った記憶が、

異界の神秘を操る魔法使いとの初めての戦闘が、忘れがたく彼らの脳裏に刻まれていたから。

同じ頃、所変わって蘭国《ランシール》。とある場所に、ふたりの魔法使いが訪れていた。

山脈じみた外壁を分厚い鉄扉《てつぴ》から潜《くぐ》り抜《ぬ》けて抜けて尚《なお》、その内側に立ち並ぶ建物の外観はひたすらに武骨。視界一面を黒と灰色の要塞が占める有様《ありさま》は、墳墓を通り越してもはや墓石の佇《たたず》まいに等しい。ここまで来るとあらゆる装飾の無意味さを自ら悟っている節すらある。今さらどう足掻《あが》いたところで、染《し》み付《つ》いた死臭は隠しようもないのだから——と。

「…………」「……ふん」

これが異端狩り本部。世界の何処《どこ》を探しても見紛《みまが》う場所などありはしない。キンバリーが魔法使いの地獄なら、ここはその釜の底を転げ落ちた先で辿《たど》り着《つ》く伏魔殿である。

「……感じるか、レセディ」

その異様を見上げながらゴッドフレイが尋ねる。隣に立つレセディがこくりと頷《うなず》く。

「ああ。……キンバリーの入学日にそっくりだ」

ふたり並んで含み笑う。まったく同一の感想を抱いたことが可笑《おか》しくて。

「では——行くか」

「ああ。行こう」

そうして戻れない一歩を踏み出す。先輩方にどう挨拶するか、あるいは代わりに何の呪文をぶち込むか——ふたつの頭でそっくり同じことを考えながら。

〈了〉

あとがき

平穏と不穏の入り乱れる休暇となりました。こんにちは、宇野朴人《うのぼくと》です。

魔法使いが治める世界がどのような仕組みから成るのか、そこに生きる者たちと自分たちの営みはどう関わるのか。長期旅行は彼らがそれを肌で感じるためにうってつけの機会と言えたでしょう。

魔法文明の恩恵を受けながら暮らす普通人たち、それぞれに置かれた環境も生存戦略も異なる亜人種たち、そして魔法使いの大敵たる異端との邂逅《かいこう》。全ての経験が彼らの今後に影響を与えます。キンバリーで三年を過ごした彼らは力を得ました。それに意志という方向性が伴う時、その視線の先には向かうべき「魔」が映るのでしょう。


ゆっくり思い悩める時間も長くはありません。見聞を広めて学《まな》び舎《や》へ戻れば、これまでと大きく変わったキンバリーの環境が待ち構えます。故に――どうか皆様、くれぐれも視野は広く。ひとつやふたつの線引きで語れるほど、この世界は単純ではないのですから。

◉宇野朴人著作リスト

「神と奴隷の誕生構文《シンタックス》I～III」（電撃文庫）
「ねじ巻き精霊戦記　天鏡のアルデラミンI～XIV」（同）
「七つの魔剣が支配するI～XI」（同）
「七つの魔剣が支配する　Side of Fire　煉獄の記」（同）
「スメラギガタリ壱・弐」（メディアワークス文庫）

本書に対するご意見、ご感想をお寄せください。

ファンレターあて先
〒 102-8177　東京都千代田区富士見 2-13-3
電撃文庫編集部
「宇野朴人先生」係
「ミユキルリア先生」係

本書は書き下ろしです。

電撃文庫

七《なな》つの魔剣《まけん》が支配《しはい》するXI

宇野朴人《うのぼくと》

◇◇◇

2023年3月10日　初版発行

発行者　山下直久
発行　株式会社KADOKAWA
〒102-8177　東京都千代田区富士見2-13-3
0570-002-301（ナビダイヤル）
装丁者　荻窪裕司（META＋MANIERA）
印刷　株式会社暁印刷
製本　株式会社暁印刷

●お問い合わせ
https://www.kadokawa.co.jp/（「お問い合わせ」へお進みください）
※内容によっては、お答えできない場合があります。
※サポートは日本国内のみとさせていただきます。
※ Japanese text only

※定価はカバーに表示してあります。

ISBN978-4-04-914934-0　C0193　Printed in Japan

電撃文庫　https://dengekibunko.jp/

電撃文庫創刊に際して

文庫は、我が国にとどまらず、世界の書籍の流れのなかで〝小さな巨人〟としての地位を築いてきた。古今東西の名著を、廉価で手に入りやすい形で提供してきたからこそ、人は文庫を自分の師として、また青春の想い出として、語りついできたのである。

その源を、文化的にはドイツのレクラム文庫に求めるにせよ、規模の上でイギリスのペンギンブックスに求めるにせよ、いま文庫は知識人の層の多様化に従って、ますますその意義を大きくしていると言ってよい。

文庫出版の意味するものは、激動の現代のみならず将来にわたって、大きくなることはあっても、小さくなることはないだろう。

「電撃文庫」は、そのように多様化した対象に応え、歴史に耐えうる作品を収録するのはもちろん、新しい世紀を迎えるにあたって、既成の枠をこえる新鮮で強烈なアイ・オープナーたりたい。

その特異さ故に、この存在は、かつて文庫がはじめて出版世界に登場したときと、同じ戸惑いを読書人に与えるかもしれない。

しかし、〈Changing Times,Changing Publishing〉時代は変わって、出版も変わる。時を重ねるなかで、精神の糧として、心の一隅を占めるものとして、次なる文化の担い手の若者たちに確かな評価を得られると信じて、ここに「電撃文庫」を出版する。

1993年6月10日
角川歴彦

電撃文庫DIGEST　3月の新刊

発売日2023年3月10日

第29回電撃小説大賞《金賞》受賞作

新作

ミリは猫の瞳のなかに住んでいる

著／四季大雅　イラスト／一色

猫の瞳を通じて出会った少女・ミリから告げられた未来は探偵になって『運命』を変えること。演劇部で起こる連続殺人、死者からの手紙、ミリの言葉の真相——そして嘘。過去と未来と現在が猫の瞳を通じて交錯する！

七つの魔剣が支配するXI

著／宇野朴人　イラスト／ミユキルリア

四年生への進級を控えた長期休暇、オリバーたちは故郷への帰省旅行へと出発した。船旅で旅情を味わい、絆を深め、その傍らで誰もが思う。これがキンバリーの外で穏やかに過ごす最後の時間になるかもしれないと——。

七つの魔剣が支配する Side of Fire　煉獄の記

著／宇野朴人　イラスト／ミユキルリア

オリバーたちが入学する五年前——実家で落ちこぼれと蔑まれた少年ゴッドフレイは、ダメ元で受験した名門魔法学校に思いがけず合格する。訳も分からぬまま、彼は「魔法使いの地獄」キンバリーへと足を踏み入れる——。

新作

とある暗部の少女共棲《アイテム》

著／鎌池和馬
キャラクターデザイン・イラスト／ニリツ
キャラクターデザイン／はいむらきよたか

学園都市の『暗部』に生きる四人の少女、麦野沈利、滝壺理后、フレンダ=セイヴェルン、絹旗最愛。彼女たちがどのようにして『アイテム』となったのか、新たな『とある』シリーズが幕を開ける。

ソードアート・オンライン　オルタナティブ

ガンゲイル・オンラインXIII —フィフス・スクワッド・ジャム〈下〉—

著／時雨沢恵一　イラスト／黒星紅白　原案・監修／川原 礫

1億クレジットの賞金がレンに懸けられた第五回スクワッド・ジャム。ついに仲間と合流したレンだったが、シャーリーの凶弾によりピトフーイが命を落とす。そして最後の特殊ルールが試合にさらなる波乱を巻き起こす。

恋は双子で割り切れない5

著／髙村資本　イラスト／あるみっく

ようやく自分の割り切れない気持ちに答えを出した純。琉実と那織とのダブルデートの中でその想いを伝えた時、一つの初恋が終わり、一つの初恋が結ばれる。幼馴染として育った三人が迷いながらも選び取った関係は？

怪物中毒2

著／三河ごーすと　イラスト／美和野らぐ

《官製スラム》に解き放たれた理外の《怪物サプリ》。吸血鬼の零士と人狼の月はその行方を追う——その先に最悪の悲劇が待っていることを、彼らはまだ知らない。過剰摂取禁物のダークヒーロー譚、第二夜！

友達の後ろで君とこっそり手を繋ぐ。誰にも言えない恋をする。3

著／真代屋秀晃　イラスト／みすみ

罪悪感に苛まれながらも、純也と秘密の恋愛関係を結んでしまった夜瑠。友情と恋心が交錯し、疑心暗鬼になる新太郎と青嵐と火乃子。すべてが破局に向かおうとする中、ただ一人純也だけは元の関係に戻ろうと抗うが……

新作

わたしの百合も、営業だと思った？

著／アサクラネル　イラスト／千種みのり

最推しアイドル・かりんの「卒業」を半年も引きずる声優・すずね。そんな彼女の事務所に新人声優として現れたのは、かりん、その人だった！　売れっ子先輩声優×元アイドル後輩声優によるガールズラブコメ開幕!!

新作

魔王城、空き部屋あります！

著／仁木克人　イラスト／堀部健和

魔王と勇者と魔王城、時空の歪みによって飛ばされた先は——現代・豊洲のど真ん中！　元の世界に戻る作戦は「魔王城のマンション経営」!?　住民の豊かな暮らしのため（？）魔王が奮闘する不動産コメディ開幕！

新作

魔女のふろーらいふ

著／天乃聖樹　イラスト／今井翔太（Hellarts）
原案／岩野弘明（アカツキゲームス）

温泉が大好きな少女ゆのかが出会ったのは、記憶を失くした異世界の魔女？　記憶の手がかりを探しながら、温泉を巡りほのぼの異世界交流。これはマイペースなゆのかと、異世界の魔女サピによる、お風呂と癒しの物語。

レプリカだって、恋をする。
Even a replica falls in love
榛名丼
［イラスト］raemz
16歳、夏。はじめての、青春。
愛川素直という少女の
身代わりとして働く
分身体《レプリカ》、それが私。
本体のために生きるのが
使命……なのに、
恋をしてしまったんだ。
海沿いの街で
巻き起こる
ちょっぴり不思議な
青春ラブストーリー。
応募総数
4,128作品の
頂点
第29回
電撃小説大賞
大賞
受賞作
電撃文庫

「キンバリー魔法学校四年、
オリバー＝ホーンだ。
……船の上の賊に告げる」
オリバー＝ホーン
Oliver=Horn
ピート＝レストン
Pete=Reston

ミシェーラ＝マクファーレン
Michela=McFarlane

カティ＝アールト
Katie=Aalto
「……ずっと決めてたの。
親友が出来たら一緒にサウナ入ろうって」

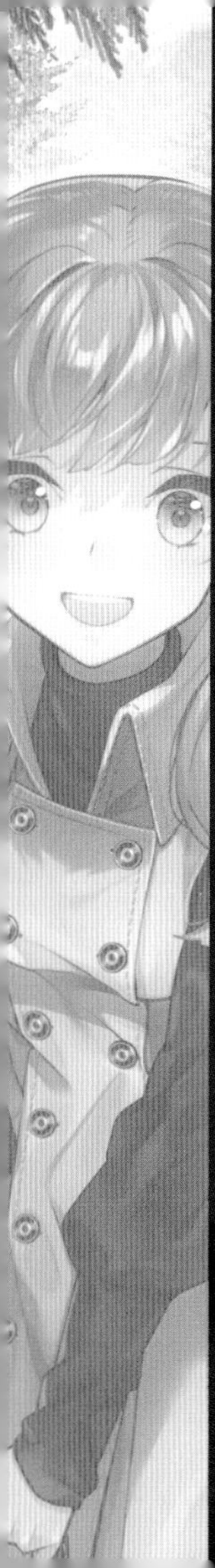

目次

CONTENTS

Seven Swords Dominate

Presented by Bokuto Uno

Cover Design: Afterglow

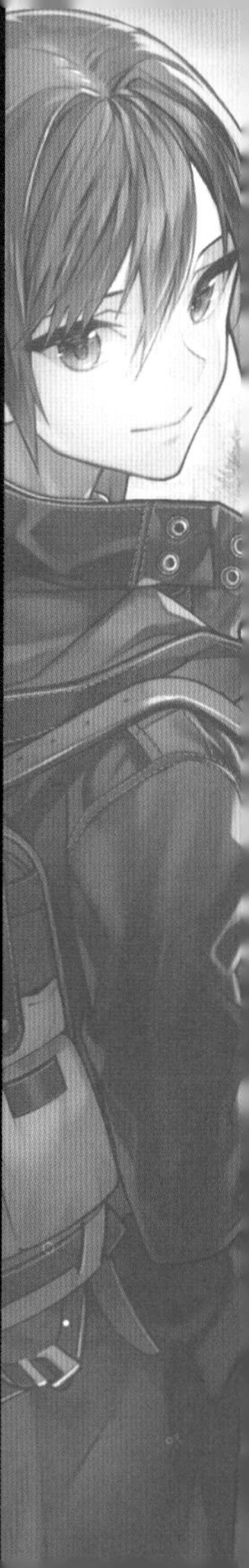

ナナオ=ヒビヤ
Nanao=Hibiya

「……おい、大丈夫かお前のご主人」
「むしろ助かるぜ……」
フェイ＝ウィロック
Faye=Willock
「ぬおっ!? カティ、何故この頃合いで号泣を!?」
「話したいけど話せない〜〜〜〜！
ナナオには特にい〜〜〜〜！」

「そうなの〜！
フェイに食べさせたかったよぉ〜！」
スティシー＝コーンウォリス
Stacy=Cornwallis
ガイ＝グリーンウッド
Gai=Greenwood

XI
宇野朴人
illustration ミユキルリア
七つの魔剣が支配する
JN034653